AF547595

GRöLS
Verlage

„Bücher sind wie Fallschirme. Sie nützen uns nichts, wenn wir sie nicht öffnen."

Gröls Verlag

Redaktionelle Hinweise und Impressum

Das vorliegende Werk wurde zugunsten der Authentizität sehr zurückhaltend bearbeitet. So wurden etwa ursprüngliche Rechtschreibfehler *nicht* systematisch behoben, denn kleine Unvollkommenheiten machen das Buch – wie im Übrigen den Menschen – erst authentisch. Mitunter wurden jedoch zum Beispiel Absätze behutsam neu getrennt, um den Lesefluss zu erleichtern.

Um die Texte zu rekonstruieren, werden antiquarische Bücher von Lesegeräten gescannt und dann durch eine Software lesbar gemacht. Der so entstandene Text wird von Menschen gegengelesen und korrigiert – hierbei treten auch Fehler auf. Wenn Sie ebenfalls antiquarische Texte einreichen möchten, finden Sie weitere Informationen auf www.groels.de

Viel Freude bei der Lektüre wünscht Ihnen das Team des Gröls-Verlags.

Adressen

Verleger: Sophia Gröls, Im Borngrund 26, 61440 Oberursel

Externer Dienstleister für Distribution & Herstellung: BoD, In de Tarpen 42, 22848 Norderstedt

Unsere „Edition | Werke der Weltliteratur“ hat den Anspruch, eine der größten und vollständigsten Sammlungen klassischer Literatur in deutscher Sprache zu sein. Nach und nach versammeln wir hier nicht nur die „üblichen Verdächtigen“ von Goethe bis Schiller, sondern auch Kleinode der vergangenen Jahrhunderte, die – zu Unrecht – drohen, in Vergessenheit zu geraten. Wir kultivieren und kuratieren damit einen der wertvollsten Bereiche der abendländischen Kultur. Kleine Auswahl:

Francis Bacon • Neues Organon • **Balzac** • Glanz und Elend der Kurtisanen • **Joachim H. Campe** • Robinson der Jüngere • **Dante Alighieri** • Die Göttliche Komödie • **Daniel Defoe** • Robinson Crusoe • **Charles Dickens** • Oliver Twist • **Denis Diderot** • Jacques der Fatalist • **Fjodor Dostojewski** • Schuld und Sühne • **Arthur Conan Doyle** • Der Hund von Baskerville • **Marie von Ebner-Eschenbach** • Das Gemeindekind • **Elisabeth von Österreich** • Das Poetische Tagebuch • **Friedrich Engels** • Die Lage der arbeitenden Klasse • **Ludwig Feuerbach** • Das Wesen des Christentums • **Johann G. Fichte** • Reden an die deutsche Nation • **Fitzgerald** • Zärtlich ist die Nacht • **Flaubert** • Madame Bovary • **Gorch Fock** • Seefahrt ist not! • **Theodor Fontane** • Effi Briest • **Robert Musil** • Über die Dummheit • **Edgar Wallace** • Der Frosch mit der Maske • **Jakob Wassermann** • Der Fall Maurizius • **Oscar Wilde** • Das Bildnis des Dorian Grey • **Émile Zola** • Germinal • **Stefan Zweig** • Schachnovelle • **Hugo von Hofmannsthal** • Der Tor und der Tod • **Anton Tschechow** • Ein Heiratsantrag • **Arthur Schnitzler** • Reigen • **Friedrich Schiller** • Kabale und Liebe • **Nicolo Machiavelli** • Der Fürst • **Gotthold E. Lessing** • Nathan der Weise • **Augustinus** • Die Bekenntnisse des heiligen Augustinus • **Marcus Aurelius** • Selbstbetrachtungen • **Charles Baudelaire** • Die Blumen des Bösen • **Harriett Stowe** • Onkel Toms Hütte • **Walter Benjamin** • Deutsche Menschen • **Hugo Bettauer** • Die Stadt ohne Juden • **Lewis Caroll** • *und viele mehr….*

Friedrich Nietzsche

Umwertung aller Werthe

Der Antichrist

Erstes Buch

Inhalt

Vorwort 6

Der Antichrist..7

Vorwort

Dies Buch gehört den Wenigsten. Vielleicht lebt selbst noch Keiner von ihnen. Es mögen Die sein, welche meinen Zarathustra verstehn: wie dürfte ich mich mit Denen verwechseln, für welche heute schon Ohren wachsen? – Erst das Übermorgen gehört mir. Einige werden posthum geboren.

Die Bedingungen, unter denen man mich versteht und dann mit Nothwendigkeit versteht, – ich kenne sie nur zu genau. Man muß rechtschaffen sein in geistigen Dingen bis zur Härte, um auch nur meinen Ernst, meine Leidenschaft auszuhalten. Man muß geübt sein, auf Bergen zu leben, – das erbärmliche Zeitgeschwätz von Politik und Völker-Selbstsucht unter sich zu sehn. Man muß gleichgültig geworden sein, man muß nie fragen, ob die Wahrheit nützt, ob sie Einem Verhängniß wird... Eine Vorliebe der Stärke für Fragen, zu denen Niemand heute den Muth hat; der Muth zum Verbotenen; die Vorherbestimmung zum Labyrinth. Eine Erfahrung aus sieben Einsamkeiten. Neue Ohren für neue Musik. Neue Augen für das Fernste. Ein neues Gewissen für bisher stumm geblieben Wahrheiten. Und der Wille zur Ökonomie großen Stils: seine Kraft, seine Begeisterung beisammen behalten... Die Ehrfurcht vor sich; die Liebe zu sich; die unbedingte Freiheit gegen sich...

Wohlan! Das allein sind meine Leser, meine rechten Leser, meine vorherbestimmten Leser: was liegt am Rest? – Der Rest ist bloß die Menschheit. – Man muß der Menschheit überlegen sein durch Kraft, durch Höhe der Seele, – durch Verachtung…

Friedrich Nietzsche.

Der Antichrist

Versuch einer Kritik des Christenthums

1.

– Sehen wir uns in's Gesicht. Wir sind Hyperboreer – wir wissen gut genug, wie abseits wir leben. „Weder zu Lande noch zu Wasser wirst du den Weg zu den Hyperboreern finden“: das hat schon Pindar von uns gewußt. Jenseits des Nordens, des Eises, des Todes – unser Leben, unser Glück… Wir haben das Glück entdeckt, wir wissen den Weg, wir fanden den Ausgang aus ganzen Jahrtausenden des Labyrinths. Wer fand ihn sonst? – Der moderne Mensch etwa? – „Ich weiß nicht aus noch ein; ich bin Alles, was nicht aus noch ein weiß“ – seufzt der moderne Mensch… An dieser Modernität waren wir krank, – am faulen Frieden, am feigen Compromiß, an der ganzen tugendhaften Unsauberkeit des modernen Ja und Nein. Diese Toleranz und largeur des

Herzens, die Alles „verzeiht“, weil sie Alles „begreift“, ist Scirocco für uns. Lieber im Eise leben, als unter modernen Tugenden und andern Südwinden!... Wir waren tapfer genug, wir schonten weder uns noch Andere: aber wir wußten lange nicht, wohin mit unsrer Tapferkeit. Wir wurden düster, man hieß uns Fatalisten. Unser Fatum – das war die Fülle, die Spannung, die Stauung der Kräfte. Wir dürsteten nach Blitz und Thaten, wir blieben am fernsten vom Glück der Schwächlinge, von der „Ergebung“... Ein Gewitter war in unsrer Luft, die Natur, die wir sind, verfinsterte sich – denn wir hatten keinen Weg. Formel unsres Glücks: ein Ja, ein Nein, eine gerade Linie, ein Ziel...

2.

Was ist gut? – Alles, was das Gefühl der Macht, den Willen zur Macht, die Macht selbst im Menschen erhöht.

Was ist schlecht? – Alles, was aus der Schwäche stammt.

Was ist Glück? – Das Gefühl davon, daß die Macht wächst, – daß ein Widerstand überwunden wird.

Nicht Zufriedenheit, sondern mehr Macht; nicht Friede überhaupt, sondern Krieg; nicht Tugend, sondern Tüchtigkeit (Tugend im Renaissance-Stile, virtù, moralinfreie Tugend).

Die Schwachen und Mißrathnen sollen zu Grunde gehn: erster Satz unsrer Menschenliebe. Und man soll ihnen noch dazu helfen.

Was ist schädlicher, als irgend ein Laster? – Das Mitleiden der That mit allen Mißrathnen und Schwachen – das Christenthum...

3.

Nicht was die Menschheit ablösen soll in der Reihenfolge der Wesen, ist das Problem, das ich hiermit stelle (– der Mensch ist ein Ende –): sondern welchen Typus Mensch man züchten soll, wollen soll, als den höherwerthigeren, lebenswürdigeren, zukunftsgewisseren.

Dieser höherwerthigere Typus ist oft genug schon dagewesen: aber als ein Glücksfall, als eine Ausnahme, niemals als gewollt. Vielmehr ist er gerade am besten gefürchtet worden, er war bisher beinahe das Furchtbare; – und aus der Furcht heraus wurde der umgekehrte Typus gewollt, gezüchtet, erreicht: das Hausthier, das Heerdenthier, das kranke Thier Mensch, – der Christ ...

4.

Die Menschheit stellt nicht eine Entwicklung zum Besseren oder Stärkeren oder Höheren dar, in der Weise, wie dies heute geglaubt wird.

Der „Fortschritt“ ist bloß eine moderne Idee, das heißt eine falsche Idee. Der Europäer von Heute bleibt in seinem Werthe tief unter dem Europäer der Renaissance; Fortentwicklung ist schlechterdings nicht mit irgend welcher Nothwendigkeit Erhöhung, Steigerung, Verstärkung.

In einem andern Sinne giebt es ein fortwährendes Gelingen einzelner Fälle an den verschiedensten Stellen der Erde und aus den verschiedensten Culturen heraus, mit denen in der That sich ein höherer Typus darstellt: Ewas, das im Verhältnis; zur Gesammt-Menschheit eine Art Übermensch ist. Solche Glücksfälle des großen Gelingens waren immer möglich und werden vielleicht immer möglich sein. Und selbst ganze Geschlechter, Stämme, Völker können unter Umständen einen solchen Treffer darstellen.

5.

Man soll das Christenthum nicht schmücken und herausputzen: es hat einen Todkrieg gegen diesen höheren Typus Mensch gemacht, es hat alle Grundinstinkte dieses Typus in Bann gethan, es hat aus diesen Instinkten das Böse, den Bösen herausdestillirt: – der starke Mensch als der typisch Verwerfliche, der „verworfene Mensch“. Das Christenthum hat die Partei alles Schwachen, Niedrigen, Mißrathnen genommen, es hat ein Ideal aus dem Widerspruch gegen die Erhaltungs-Instinkte des starken Lebens gemacht; es hat die Vernunft selbst der geistig stärksten Naturen verdorben, indem es die obersten Werthe der Geistigkeit als sündhaft, als irreführend, als Versuchungen empfinden lehrte. Das jammervollste Beispiel: die Verderbniß Pascal's, der an die Verderbniß seiner Vernunft durch die Erbsünde glaubte, während sie nur durch sein Christenthum verdorben war! –

6.

Es ist ein schmerzliches, ein schauerliches Schauspiel, das mir aufgegangen ist: ich zog den Vorhang weg von der Verdorbenheit des Menschen. Dies Wort, in meinem Munde, ist wenigstens gegen Einen Verdacht geschützt: daß es eine moralische Anklage des Menschen enthält. Es ist – ich möchte es nochmals unterstreichen – moralinfrei gemeint: und dies bis zu dem Grade, daß jene Verdorbenheit gerade dort von mir am stärksten empfunden wird, wo man bisher am bewußtesten zur „Tugend“, zur „Göttlichkeit“ aspirirte. Ich verstehe Verdorbenheit, man erräth es bereits, im Sinne von décadence: meine Behauptung ist, daß alle Werthe, in denen jetzt die Menschheit ihre oberste Wünschbarkeit zusammenfaßt, décadence-Werthe sind.

Ich nenne ein Thier, eine Gattung, ein Individuum verdorben, wenn es seine Instinkte verliert, wenn es wählt, wenn es vorzieht, was ihm nachtheilig ist. Eine Geschichte der „höheren Gefühle", der „Ideale der Menschheit" – und es ist möglich, daß ich sie erzählen muß – wäre beinahe auch die Erklärung dafür, weshalb der Mensch so verdorben ist. Das Leben selbst gilt mir als Instinkt für Wachsthum, für Dauer, für Häufung von Kräften, für Macht: wo der Wille zur Macht fehlt, giebt es Niedergang. Meine Behauptung ist, daß allen obersten Werthen der Menschheit dieser Wille fehlt, – daß Niedergangs-Werthe, nihilistische Werthe unter den heiligsten Namen die Herrschaft führen.

7.

Man nennt das Christentum die Religion des Mitleidens. – Das Mitleiden steht im Gegensatz zu den tonischen Affekten, welche die Energie des Lebensgefühls erhöhn: es wirkt depressiv. Man verliert Kraft, wenn man mitleidet. Durch das Mitleiden vermehrt und vervielfältigt sich die Einbuße an Kraft noch, die an sich schon das Leiden dem Leben bringt. Das Leiden selbst wird durch das Mitleiden ansteckend; unter Umständen kann mit ihm eine Gesammt-Einbuße an Leben und Lebens-Energie erreicht werden, die in einem absurden Verhältniß zum Quantum der Ursache steht (– der Fall vom Tode des Nazareners). Das ist der erste Gesichtspunkt; es giebt aber noch einen wichtigeren. Gesetzt, man mißt das Mitleiden nach dem Werthe der Reaktionen, die es hervorzubringen pflegt, so erscheint sein lebensgefährlicher Charakter in einem noch viel helleren Lichte. Das Mitleiden kreuzt im Ganzen Großen das Gesetz der Entwicklung, welches das Gesetz der Selektion ist. Es erhält, was zum Untergange reif ist, es wehrt sich zu Gunsten der Enterbten und Verurtheilten des Lebens, es giebt durch die Fülle des Mißrathnen aller Art, das es im Leben festhält, dem Leben selbst einen düsteren und fragwürdigen Aspekt. Man hat gewagt, das Mitleiden eine Tugend zu nennen (– in jeder vornehmen Moral gilt es als Schwäche –); man ist weiter gegangen, man hat aus ihm die Tugend, den Boden und Ursprung aller Tugenden gemacht, – nur freilich, was man stets im Auge behalten muß, vom Gesichtspunkt einer Philosophie aus, welche nihilistisch war, welche die Verneinung des Lebens auf ihr Schild schrieb. Schopenhauer war in seinem Recht damit: durch das Mitleid wird das Leben verneint, verneinungswürdiger gemacht, – Mitleiden ist die Praxis des Nihilismus. Nochmals gesagt: dieser depressive und contagiöse Instinkt kreuzt jene Instinkte, welche auf Erhaltung und Werth-Erhöhung des Lebens aus sind; er ist ebenso als Multiplikator des Elends wie als Conservator alles Elenden ein Hauptwerkzeug zur Steigerung der décadence, – Mitleiden überredet zum Nichts!... Man sagt nicht „Nichts“: man sagt dafür „Jenseits“; oder „Gott“; oder „das wahre Leben“; oder Nirvana, Erlösung, Seligkeit... Diese unschuldige Rhetorik aus dem Reich der religiös-moralischen Idiosynkrasie erscheint sofort viel weniger unschuldig, wenn man begreift, welche Tendenz hier den Mantel sublimer Worte um sich schlägt: die lebensfeindliche Tendenz. Schopenhauer war lebensfeindlich: deshalb wurde ihm das Mitleid zur Tugend... Aristoteles sah, wie man weiß, im Mitleiden einen krankhaften und gefährlichen Zustand, dem man gut thäte, hier und da durch ein Purgativ beizukommen: er verstand die Tragödie als Purgativ. Vom Instinkte des Lebens aus müßte man in der That nach einem Mittel suchen, einer solchen krankhaften und gefährlichen Häufung des Mitleids, wie sie der Fall Schopenhauer's (und leider auch unsre gesammte litterarische und artistische décadence von St. Petersburg bis Paris, von Tolstoi bis Wagner) darstellt, einen Stich zu versetzen: damit sie platzt ... Nichts ist ungesunder, inmitten unsrer ungesunden Modernität, als das christliche Mitleid. Hier Arzt sein, hier unerbittlich sein, hier das Messer führen – das gehört zu uns, das ist unsre Art Menschenliebe, damit sind wir Philosophen, wir Hyperboreer! – – –

8.

Es ist nothwendig zu sagen, wen wir als unsern Gegensatz fühlen: – die Theologen und Alles, was Theologen-Blut im Leibe hat – unsre ganze Philosophie ... Man muß das Verhängniß aus der Nähe gesehn haben, noch besser, man muß es an sich erlebt, man muß an ihm fast zu Grunde gegangen sein, um hier keinen Spaß mehr zu verstehn (– die Freigeisterei unsrer Herrn Naturforscher und Physiologen ist in meinen Augen ein Spaß, – ihnen fehlt die Leidenschaft in diesen Dingen, das Leiden an ihnen –). Jene Vergiftung reicht viel weiter, als man denkt: ich fand den Theologen-Instinkt des Hochmuths überall wieder, wo man sich heute als „Idealist“ fühlt, – wo man, vermöge einer höheren Abkunft, ein Recht in Anspruch nimmt, zur Wirklichkeit überlegen und fremd zu blicken ... Der Idealist hat, ganz wie der Priester, alle großen Begriffe in der Hand (– und nicht nur in der Hand!), er spielt sie mit einer wohlwollenden Verachtung gegen den „Verstand“, die „Sinne“, die „Ehren“, das „Wohlleben“, die „Wissenschaft“ aus, er sieht dergleichen unter sich, wie schädigende und verführerische Kräfte, über denen „der Geist“ in reiner Für-sich-heit schwebt: – als ob nicht Demuth, Keuschheit, Armuth, Heiligkeit mit Einem Wort, dem Leben bisher unsäglich mehr Schaden gethan hätten, als irgend welche Furchtbarkeiten und Laster ... Der reine Geist ist die reine Lüge... So lange der Priester noch als eine höhere Art Mensch gilt, dieser Verneiner, Verleumder, Vergifter des Lebens von Beruf, giebt es keine Antwort auf die Frage: was ist Wahrheit? Man hat bereits die Wahrheit auf den Kopf gestellt, wenn der bewußte Advokat des Nichts und der Verneinung als Vertreter der „Wahrheit“ gilt ...

9.

Diesem Theologen-Instinkte mache ich den Krieg: ich fand seine Spur überall. Wer Theologen-Blut im Leibe hat, steht von vornherein zu allen Dingen schief und unehrlich. Das Pathos, das sich daraus entwickelt, heißt sich Glaube: das Auge ein für alle Mal vor sich schließen, um nicht am Aspekt unheilbarer Falschheit zu leiden. Man macht bei sich eine Moral, eine Tugend, eine Heiligkeit aus dieser fehlerhaften Optik zu allen Dingen, man knüpft das gute Gewissen an das Falschsehen, – man fordert, daß keine andre Art Optik mehr Werth haben dürfe, nachdem man die eigne mit den Namen „Gott“, „Erlösung“, „Ewigkeit“ sakrosankt gemacht hat. Ich grub den Theologen-Instinkt noch überall aus: er ist die verbreitetste, die eigentlich unterirdische Form der Falschheit, die es auf Erden giebt. Was ein Theologe als wahr empfindet, daß muß falsch sein: man hat daran beinahe ein Kriterium der Wahrheit. Es ist sein unterster Selbsterhaltungs-Instinkt, der verbietet, daß die Realität in irgend einem Punkte zu Ehren oder auch nur zu Worte käme. So weit der Theologen-Einfluß reicht, ist das Werth-Urtheil auf den Kopf gestellt, sind die Begriffe „wahr“ und „falsch“ nothwendig umgekehrt: was dem Leben am schädlichsten ist, das heißt hier „wahr“, was es hebt, steigert, bejaht, rechtfertigt und triumphiren macht, das heißt „falsch“ ... Kommt es vor, daß Theologen durch das „Gewissen“ der Fürsten (oder der Völker –) hindurch nach der Macht die Hand ausstrecken, zweifeln wir nicht, was jedesmal im Grunde sich begiebt: der Wille zum Ende, der nihilistische Wille will zur Macht ...

10.

Unter Deutschen versteht man sofort, wenn ich sage, daß die Philosophie durch Theologen-Blut verderbt ist. Der protestantische Pfarrer ist Großvater der deutschen Philosophie, der Protestantismus selbst ihr peccatum originale. Definition des Protestantismus: die halbseitige Lähmung des Christenthums – und der Vernunft ... Man hat nur das Wort „Tübinger Stift" auszusprechen, um zu begreifen, was die deutsche Philosophie im Grunde ist, – eine hinterlistige Theologie ... Die Schwaben sind die besten Lügner in Deutschland, sie lügen unschuldig ... Woher das Frohlocken, das beim Auftreten Kant's durch die deutsche Gelehrtenwelt gieng, die zu drei Vierteln aus Pfarrer- und Lehrer-Söhnen besteht, – woher die deutsche Überzeugung, die auch heute noch ihr Echo findet, daß mit Kant eine Wendung zum Besseren beginne? Der Theologen-Instinkt im deutschen Gelehrten errieth, was nunmehr wieder möglich war ... Ein Schleichweg zum alten Ideal stand offen, der Begriff „ wahre Welt", der Begriff der Moral als Essenz der Welt (– diese zwei bösartigsten Irrthümer, die es giebt!) waren jetzt wieder, Dank einer verschmitzt-klugen Skepsis, wenn nicht beweisbar, so doch nicht mehr widerlegbar ... Die Vernunft, das Recht der Vernunft reicht nicht so weit ... Man hatte aus der Realität eine „Scheinbarkeit" gemacht; man hatte eine vollkommen erlogne Welt, die des Seienden, zur Realität gemacht ... Der Erfolg Kant's ist bloß ein Theologen-Erfolg: Kant war, gleich Luther, gleich Leibniz, ein Hemmschuh mehr in der an sich nicht taktfesten deutschen Rechtschaffenheit – –

11.

Ein Wort noch gegen Kant als Moralist. Eine Tugend muß unsre Erfindung sein, unsre persönlichste Nothwehr und Nothdurft: in jedem andern Sinne ist sie bloß eine Gefahr. Was nicht unser Leben bedingt, schadet ihm: eine Tugend bloß aus einem Respekts-Gefühle vor dem Begriff „Tugend“, wie Kant es wollte, ist schädlich. Die „Tugend“, die „Pflicht“, das „Gute an sich“, das Gute mit dem Charakter der Unpersönlichkeit und Allgemeingültigkeit – Hirngespinnste, in denen sich der Niedergang, die letzte Entkräftung des Lebens, das Königsberger Chinesenthum ausdrückt. Das Umgekehrte wird von den tiefsten Erhaltungs- und Wachsthumsgesetzen geboten: daß Jeder sich seine Tugend, seinen kategorischen Imperativ erfinde. Ein Volk geht zu Grunde, wenn es seine Pflicht mit dem Pflichtbegriff überhaupt verwechselt. Nichts ruinirt tiefer, innerlicher als jede „unpersönliche“ Pflicht, jede Opferung vor dem Moloch der Abstraktion. – Daß man den kategorischen Imperativ Kant's nicht als lebensgefährlich empfunden hat! ... Der Theologen-Instinkt allein nahm ihn in Schutz! – Eine Handlung, zu der der Instinkt des Lebens zwingt, hat in der Lust ihren Beweis, eine rechte Handlung zu sein: und jener Nihilist mit christlich-dogmatischen Eingeweiden verstand die Lust als Einwand ... Was zerstört schneller, als ohne innere Notwendigkeit, ohne eine tief persönliche

Wahl, ohne Lust arbeiten, denken, fühlen? als Automat der „Pflicht“? Es ist geradezu das Recept zur décadence, selbst zum Idiotismus ... Kant wurde Idiot. – Und das war der Zeitgenosse Goethe's! Dies Verhängnis von Spinne galt als der deutsche Philosoph, – gilt es noch! ... Ich hüte mich zu sagen, was ich von den Deutschen denke ... Hat Kant nicht in der französischen Revolution den Übergang aus der unorganischen Form des Staats in die organische gesehn? Hat er sich nicht gefragt, ob es eine Begebenheit giebt, die gar nicht anders erklärt werden könne als durch eine moralische Anlage der Menschheit, sodaß mit ihr, Ein für alle Mal, die „Tendenz der Menschheit zum Guten“ bewiesen sei? Antwort Kant's: „das ist die Revolution.“ Der fehlgreifende Instinkt in Allem und Jedem, die Widernatur als Instinkt, die deutsche décadence als Philosophie – das ist Kant! –

12.

Ich nehme ein paar Skeptiker bei Seite, den anständigen Typus in der Geschichte der Philosophie: aber der Rest kennt die ersten Forderungen der intellektuellen Rechtschaffenheit nicht. Sie machen es allesammt wie die Weiblein, alle diese großen Schwärmer und Wunderthiere, – sie halten die „schönen Gefühle“ bereits für Argumente, den „gehobenen Busen“ für einen Blasebalg der Gottheit, die Überzeugung für ein Kriterium der Wahrheit. Zuletzt hat noch Kant, in „deutscher“

Unschuld, diese Form der Corruption, diesen Mangel an intellektuellem Gewissen unter dem Begriff „praktische Vernunft" zu verwissenschaftlichen versucht: er erfand eigens eine Vernunft dafür, in welchem Falle man sich nicht um die Vernunft zu kümmern habe, nämlich wenn die Moral, wenn die erhabne Forderung „du sollst" laut wird. Erwägt man, daß bei fast allen Völkern der Philosoph nur die Weiterentwicklung des priesterlichen Typus ist, so überrascht dieses Erbstück des Priesters, die Falschmünzerei vor sich selbst, nicht mehr. Wenn man heilige Aufgaben hat, zum Beispiel die Menschen zu bessern, zu retten, zu erlösen, – wenn man die Gottheit im Busen trägt, Mundstück jenseitiger Imperative ist, so steht man mit einer solchen Mission bereits außerhalb aller bloß verstandesmäßigen Werthungen, – selbst schon geheiligt durch eine solche Aufgabe, selbst schon der Typus einer höheren Ordnung! ... Was geht einen Priester die Wissenschaft an! Er steht zu hoch dafür! – Und der Priester hat bisher geherrscht! – Er bestimmte den Begriff „wahr" und „unwahr"! ...

13.

Unterschätzen wir dies nicht: wir selbst, wir freien Geister, sind bereits eine „Umwerthung aller Werthe", eine leibhafte Kriegs- und Siegs-Erklärung an alle alten Begriffe von „wahr" und „unwahr". Die werthvollsten Einsichten werden am spätesten gefunden: aber die werthvollsten Einsichten sind die Methoden. Alle Methoden, alle Voraussetzungen unsrer jetzigen Wissenschaftlichkeit haben Jahrtausende lang die tiefste Verachtung gegen sich gehabt: auf sie hin war man aus dem Verkehre mit „honnetten" Menschen ausgeschlossen, – man galt als „Feind Gottes", als Verächter der Wahrheit, als „Besessener". Als wissenschaftlicher Charakter war man Tschandala ... Wir haben das ganze Pathos der Menschheit gegen uns gehabt – ihren Begriff von Dem, was Wahrheit sein soll, was der Dienst der Wahrheit sein soll: jedes „du sollst" war bisher gegen uns gerichtet ... Unsre Objekte, unsre Praktiken, unsre stille. vorsichtige, mißtrauische Art – Alles das schien ihr vollkommen unwürdig und verächtlich. – Zuletzt dürfte man, mit einiger Billigkeit, sich fragen, ob es nicht eigentlich ein ästhetischer Geschmack war, was die Menschheit in so langer Blindheit gehalten hat: sie verlangte von der Wahrheit einen pittoresken Effekt, sie verlangte insgleichen vom Erkennenden, daß er stark auf die Sinne wirke. Unsre Bescheidenheit gieng ihr am längsten wider den Geschmack ... Oh wie sie das erriechen, diese Truthähne Gottes – –

14.

Wir haben umgelernt. Wir sind in allen Stücken bescheidner geworden. Wir leiten den Menschen nicht mehr vom „Geist", von der „Gottheit" ab, wir haben ihn unter die Thiere zurückgestellt. Er gilt uns als das stärkste Thier, weil er das listigste ist: eine Folge davon ist seine Geistigkeit. Wir wehren uns andrerseits gegen eine Eitelkeit, die auch hier wieder laut werden möchte: wie als ob der Mensch die große Hinterabsicht der thierischen Entwicklung gewesen sei. Er ist durchaus keine Krone der Schöpfung: jedes Wesen ist, neben ihm, auf einer gleichen Stufe der Vollkommenheit ... Und indem wir das behaupten, behaupten wir noch zuviel: der Mensch ist, relativ genommen, das mißrathenste Thier, das krankhafteste, das von seinen Instinkten am gefährlichsten abgeirrte – freilich, mit alledem, auch das interessanteste! – Was die Thiere betrifft, so hat zuerst Descartes, mit verehrungswürdiger Kühnheit, den Gedanken gewagt, das Thier als machina zu verstehn: unsre ganze Physiologie bemüht sich um den Beweis dieses Satzes. Auch stellen wir logischer Weise den Menschen nicht bei Seite, wie noch Descartes that: was überhaupt heute vom Menschen begriffen ist, geht genau so weit, als er machinal begriffen ist. Ehedem gab man dem Menschen, als seine Mitgift aus einer höheren Ordnung, den „freien Willen": heute haben wir ihm selbst den Willen genommen, in dem Sinne, daß darunter kein Vermögen mehr verstanden werden darf. Das alte Wort „Wille" dient nur dazu, eine Resultante zu bezeichnen, eine Art individueller Reaktion, die nothwendig auf eine Menge theils widersprechender, theils zusammenstimmender Reize folgt: – der Wille „wirkt“ nicht mehr, „bewegt“ nicht mehr ... Ehemals sah man im Bewußtsein des Menschen, im „Geist“, den Beweis seiner höheren Abkunft, seiner Göttlichkeit; um den Menschen zu vollenden, rieth man ihm an, nach der Art der Schildkröte die Sinne in sich hineinzuziehn, den Verkehr mit dem Irdischen einzustellen, die sterbliche Hülle abzuthun: dann blieb die Hauptsache von ihm zurück, der „reine Geist“. Wir haben uns auch hierüber besser besonnen: das Bewußtwerden, der „Geist“, gilt uns gerade als Symptom einer relativen Unvollkommenheit des Organismus, als ein Versuchen, Tasten, Fehlgreifen, als eine Mühsal, bei der unnöthig viel Nervenkraft verbraucht wird, – wir leugnen, daß irgend Etwas vollkommen gemacht werden kann, so lange es noch bewußt gemacht wird. Der „reine Geist“ ist eine reine Dummheit: rechnen wir das Nervensystem und die Sinne ab, die „sterbliche Hülle“, so verrechnen wir uns – weiter nichts!“ ...

15.

Weder die Moral noch die Religion berührt sich im Christenthume mit irgend einem Punkte der Wirklichkeit. Lauter imaginäre Ursachen („Gott“, „Seele“, „Ich“, „Geist“, „der freie Wille“ – oder auch „der unfreie“); lauter imaginäre Wirkungen („Sünde“, „Erlösung“, „Gnade“, „Strafe“, „Vergebung der Sünde“). Ein Verkehr zwischen imaginären Wesen („Gott“, „Geister“, „Seelen“); eine imaginäre Naturwissenschaft (anthropocentrisch; völliger Mangel des Begriffs der natürlichen Ursachen); eine imaginäre Psychologie (lauter Selbst-Mißverständnisse, Interpretationen angenehmer oder unangenehmer Allgemeingefühle, zum Beispiel der Zustände des nervus sympathicus, mit Hülfe der Zeichensprache religiös-moralischer Idiosynkrasie, – „Reue“, „Gewissensbiß“, „Versuchung des Teufels“, „die Nähe Gottes“); eine imaginäre Teleologie („das Reich Gottes“, „das jüngste Gericht“, „das ewige Leben“). – Diese reine Fiktions-Welt unterscheidet sich dadurch sehr zu ihren Ungunsten von der Traumwelt, daß letztere die Wirklichkeit wiederspiegelt, während sie die Wirklichkeit fälscht, entwerthet, verneint. Nachdem erst der Begriff „Natur“ als Gegenbegriff zu „Gott“ erfunden war, mußte „natürlich“ das Wort sein für „verwerflich“, – jene ganze Fiktions-Welt hat ihre Wurzel im Haß gegen das Natürliche (– die Wirklichkeit! –), sie ist der Ausdruck eines tiefen Mißbehagens am Wirklichen ... Aber damit ist Alles erklärt. Wer allein hat Gründe, sich wegzulügen aus der Wirklichkeit? Wer an ihr leidet. Aber an der Wirklichkeit leiden heißt eine verunglückte Wirklichkeit sein ... Das Übergewicht der Unlustgefühle über die Lustgefühle ist die Ursache jener fiktiven Moral und Religion: ein solches Übergewicht giebt aber die Formel ab für décadence ...

16.

Zu dem gleichen Schlusse nöthigt eine Kritik des christlichen Gottesbegriffs. – Ein Volk, das noch an sich selbst glaubt, hat auch noch seinen eignen Gott. In ihm verehrt es die Bedingungen, durch die es obenauf ist, seine Tugenden, – es projicirt seine Lust an sich, sein Machtgefühl in ein Wesen, dem man dafür danken kann. Wer reich ist, will abgeben, ein stolzes Volk braucht einen Gott, um zu opfern ... Religion, innerhalb solcher Voraussetzungen, ist eine Form der Dankbarkeit. Man ist für sich selber dankbar: dazu braucht man einen Gott. – Ein solcher Gott muß nützen und schaden können, muß Freund und Feind sein können, – man bewundert ihn im Guten wie im Schlimmen. Die widernatürliche Castration eines Gottes zu einem Gotte bloß des Guten läge hier außerhalb aller Wünschbarkeit, Man hat den bösen Gott so nöthig als den guten: man verdankt ja die eigne Existenz nicht gerade der Toleranz, der Menschenfreundlichkeit ... Was läge an einem Gotte, der nicht Zorn, Rache, Neid, Hohn, List, Gewaltthat kennte? dem vielleicht nicht einmal die entzückenden ardeurs des Siegs und der Vernichtung bekannt wären? Man würde einen solchen Gott nicht verstehn: wozu sollte man ihn haben? – Freilich: wenn ein Volk zu Grunde geht; wenn es den Glauben an Zukunft, seine Hoffnung auf Freiheit endgültig schwinden fühlt; wenn ihm die Unterwerfung als erste

Nützlichkeit, die Tugenden der Unterworfenen als Erhaltungsbedingungen in's Bewußtsein treten, dann muß sich auch sein Gott verändern. Er wird jetzt Duckmäuser, furchtsam, bescheiden, räth zum „Frieden der Seele", zum Nicht-mehr-hassen, zur Nachsicht, zur „Liebe" selbst gegen Freund und Feind. Er moralisirt beständig, er kriecht in die Höhle jeder Privattugend, wird Gott für Jedermann, wird Privatmann, wird Kosmopolit ... Ehemals stellte er ein Volk, die Stärke eines Volkes, alles Aggressive und Machtdurstige aus der Seele eines Volkes dar: jetzt ist er bloß noch der gute Gott ... In der That, es giebt keine andre Alternative für Götter: entweder sind sie der Wille zur Macht – und so lange werden sie Volksgötter sein –, oder aber die Ohnmacht zur Macht – und dann werden sie nothwendig gut ...

17.

Wo in irgend welcher Form der Wille zur Macht niedergeht, giebt es jedesmal auch einen physiologischen Rückgang, eine décadence. Die Gottheit der décadence, beschnitten an ihren männlichsten Tugenden und Trieben, wird nunmehr nothwendig zum Gott der physiologisch-Zurückgegangenen, der Schwachen. Sie heißen sich selbst nicht die Schwachen, sie heißen sich „die Guten" ... Man versteht, ohne daß ein Wink noch noth thäte, in welchen Augenblicken der Geschichte erst die dualistische Fiktion eines guten und eines bösen Gottes möglich wird. Mit demselben Instinkte, mit dem die Unterworfnen ihren Gott zum „Guten an sich“ herunterbringen, streichen sie aus dem Gotte ihrer Überwinder die guten Eigenschaften aus; sie nehmen Rache an ihren Herren, dadurch daß sie deren Gott verteufeln. – Der gute Gott, ebenso wie der Teufel: Beide Ausgeburten der décadence, – Wie kann man heute noch der Einfalt christlicher Theologen so viel nachgeben, um mit ihnen zu decretiren, die Fortentwicklung des Gottesbegriffs vom „Gotte Israels“, vom Volksgotte zum christlichen Gotte, zum Inbegriff alles Guten, sei ein Fortschritt? – Aber selbst Renan thut es. Als ob Renan ein Recht auf Einfalt hätte! Das Gegentheil springt doch in die Augen. Wenn die Voraussetzungen des aufsteigenden Lebens, wenn alles Starke, Tapfere, Herrische, Stolze aus dem Gottesbegriffe eliminirt werden, wenn er Schritt für Schritt zum Symbol eines Stabs für Müde, eines Rettungsankers für alle Ertrinkenden heruntersinkt, wenn er Arme-Leute-Gott, Sünder-Gott, Kranken-Gott par excellence wird, und das Prädikat „Heiland“, „Erlöser“ gleichsam übrig bleibt als göttliches Prädikat überhaupt: wovon redet eine solche Verwandlung? eine solche Reduktion des Göttlichen? – Freilich: „das Reich Gottes“ ist damit größer geworden. Ehemals hatte er nur sein Volk, sein „auserwähltes“ Volk. Inzwischen gieng er, ganz wie sein Volk selber, in die Fremde, auf Wanderschaft, er saß seitdem nirgendswo mehr still: bis er endlich überall heimisch wurde, der große Kosmopolit, – bis er „die große Zahl“ und die halbe Erde auf seine Seite bekam. Aber der Gott der „großen Zahl“, der Demokrat unter den Göttern, wurde trotzdem kein stolzer Heidengott: er blieb Jude, er blieb der Gott der Winkel, der Gott aller dunklen Ecken und Stellen, aller ungesunden Quartiere der ganzen Welt! ... Sein Weltreich ist nach wie vor ein Unterwelts-Reich, ein Hospital, ein souterrain-Reich, ein Ghetto-Reich ... Und er selbst, so blaß, so schwach, so décadent... Selbst die Blassesten der Blassen wurden noch über ihn Herr, die Herrn Metaphysiker, die Begriffs-Albinos. Diese spannen so lange um ihn herum, bis er, hypnotisirt durch ihre Bewegungen, selbst Spinne, selbst Metaphysicus wurde. Nunmehr spann er wieder die Welt aus sich heraus – sub specie Spinozae –, nunmehr transfigurirte er sich in's immer Dünnere und Blassere, ward „Ideal“, ward „reiner Geist“, ward „Absolutum“, ward „Ding an sich“ ... Verfall eines Gottes: Gott ward „Ding an sich“...

18.

Der christliche Gottesbegriff – Gott als Krankengott, Gott als Spinne, Gott als Geist – ist einer der corruptesten Gottesbegriffe, die auf Erden erreicht worden sind; er stellt vielleicht selbst den Pegel des Tiefstands in der absteigenden Entwicklung des Götter–Typus dar. Gott zum Widerspruch des Lebens abgeartet, statt dessen Verklärung und ewiges Ja zu sein! In Gott dem Leben, der Natur, dem Willen zum Leben die Feindschaft angesagt! Gott die Formel für jede Verleumdung des

„Diesseits“, für jede Lüge vom „Jenseits“! In Gott das Nichts vergöttlicht, der Wille zum Nichts heilig gesprochen! ...

19.

Daß die starken Rassen des nördlichen Europa den christlichen Gott nicht von sich gestoßen haben, macht ihrer religiösen Begabung wahrlich keine Ehre, – um nicht vom Geschmacke zu reden. Mit einer solchen krankhaften und altersschwachen Ausgeburt der décadence hätten sie fertig werden müssen. Aber es liegt ein Fluch dafür auf ihnen, daß sie nicht mit ihm fertig geworden sind: sie haben die Krankheit, das Alter, den Widerspruch in alle ihre Instinkte aufgenommen, – sie haben seitdem keinen Gott mehr geschaffen! Zwei Jahrtausende beinahe und nicht ein einziger neuer Gott! Sondern immer noch und wie zu Recht bestehend, wie ein ultimatum und maximum der gottbildenden Kraft, des creator spiritus im Menschen, dieser erbarmungswürdige Gott des christlichen Monotono-Theismus! Dies hybride Verfalls-Gebilde aus Null, Begriff und Widerspruch, in dem alle décadence-Instinkte, alle Feigheiten und Müdigkeiten der Seele ihre Sanktion haben! – –

20.

Mit meiner Verurtheilung des Christenthums möchte ich kein Unrecht gegen eine verwandte Religion begangen haben, die der Zahl der Bekenner nach sogar überwiegt: gegen den Buddhismus. Beide gehören als nihilistische Religionen zusammen – sie sind décadence-Religionen –, beide sind von einander in der merkwürdigsten Weise getrennt. Daß man sie jetzt vergleichen kann, dafür ist der Kritiker des Christenthums den indischen Gelehrten tief dankbar. – Der Buddhismus ist hundertmal realistischer als das Christenthum, – er hat die Erbschaft des objektiven und kühlen Probleme-Stellens im Leibe, er kommt nach einer hunderte von Jahren dauernden philosophischen Bewegung; der Begriff „Gott" ist bereits abgethan, als er kommt. Der Buddhismus ist die einzige eigentlich positivistische Religion, die uns die Geschichte zeigt, auch noch in seiner Erkenntnißtheorie (einem strengen Phänomenalismus –), er sagt nicht mehr „Kampf gegen die Sünde", sondern, ganz der Wirklichkeit das Recht gebend, „Kampf gegen das Leiden". Er hat – dies unterscheidet ihn tief vom Christenthum – die Selbst-Betrügerei der Moral-Begriffe bereits hinter sich, – er steht, in meiner Sprache geredet, jenseits von Gut und Böse. – Die zwei physiologischen Thatsachen, auf denen er ruht und die er in's Auge faßt, sind: einmal eine übergroße Reizbarkeit der Sensibilität, welche sich als raffinirte Schmerzfähigkeit ausdrückt, sodann eine Übergeistigung, ein allzulanges Leben in Begriffen und logischen Proceduren, unter dem der Person-Instinkt zum Vortheil des „Unpersönlichen" Schaden genommen hat (–

Neides Zustände, die wenigstens Einige meiner Leser, die „Objektiven", gleich mir selbst, aus Erfahrung kennen werden). Auf Grund dieser physiologischen Bedingungen ist eine Depression entstanden: gegen diese geht Buddha hygienisch vor. Er wendet dagegen das Leben im Freien an, das Wanderleben; die Mäßigung und die Wahl in der Kost; die Vorsicht gegen alle Spirituosa; die Vorsicht insgleichen gegen alle Affekte, die Galle machen, die das Blut erhitzen; keine Sorge, weder für sich, noch für Andre. Er fordert Vorstellungen, die entweder Ruhe geben oder erheitern – er erfindet Mittel, die anderen sich abzugewöhnen. Er versteht die Güte, das Gütig-sein als gesundheitsfördernd. Gebet ist ausgeschlossen, ebenso wie die Askese; kein kategorischer Imperativ, kein Zwang überhaupt, selbst nicht innerhalb der Klostergemeinschaft (– man kann wieder hinaus –). Das Alles wären Mittel, um jene übergroße Reizbarkeit zu verstärken. Eben darum fordert er auch keinen Kampf gegen Andersdenkende; seine Lehre wehrt sich gegen nichts mehr als gegen das Gefühl der Rache, der Abneigung, des ressentiment(– „nicht durch Feindschaft kommt Feindschaft zu Ende": der rührende Refrain des ganzen Buddhismus ...). Und das mit Recht: gerade diese Affekte waren vollkommen ungesund in Hinsicht auf die diätetische Hauptabsicht. Die geistige Ermüdung, die er vorfindet und die sich in einer allzugroßen "Objektivität" (das heißt Schwächung des Individualinteresses, Verlust an Schwergewicht, an „Egoismus") ausdrückt, bekämpft er mit einer strengen Zurückführung auch der geistigsten Interessen auf die Person. In der Lehre Buddha's wird der Egoismus Pflicht: das „Eins ist noth", das „wie kommst du vom Leiden los" regulirt und begrenzt die ganze geistige Diät (– man darf sich vielleicht an jenen Athener erinnern, der der reinen „Wissenschaftlichkeit" gleichfalls den Krieg machte, an Sokrates, der den Personal-Egoismus auch im Reich der Probleme zur Moral erhob).

21.

Die Voraussetzung für den Buddhismus ist ein sehr mildes Klima, eine große Sanftmuth und Liberalität in den Sitten, kein Militarismus: und daß es die höheren und selbst gelehrten Stände sind, in denen die Bewegung ihren Herd hat. Man will die Heiterkeit, die Stille, die Wunschlosigkeit als höchstes Ziel, und man erreicht sein Ziel. Der Buddhismus ist keine Religion, in der man bloß auf Vollkommenheit aspirirt: das Vollkommne ist der normale Fall. – Im Christenthume kommen die Instinkte Unterworfner und Unterdrückter in den Vordergrund: es sind die niedersten Stände, die in ihm ihr Heil suchen. Hier wird als Beschäftigung, als Mittel gegen die Langeweile die Casuistik der Sünde, die Selbstkritik, die Gewissens-Inquisition geübt; hier wird der Affekt gegen einen Mächtigen, „Gott" genannt, beständig aufrecht erhalten (durch das Gebet); hier gilt das Höchste als unerreichbar, als Geschenk, als „Gnade". Hier fehlt auch die Öffentlichkeit: der Versteck, der dunkle

Raum ist christlich. Hier wird der Leib verachtet, die Hygiene als Sinnlichkeit abgelehnt; die Kirche wehrt sich selbst gegen die Reinlichkeit (– die erste christliche Maaßregel nach Vertreibung der Mauren war die Schließung der öffentlichen Bäder, von denen Cordova allein 270 besaß). Christlich ist ein gewisser Sinn der Grausamkeit, gegen sich und Andre; der Haß gegen die Andersdenkenden; der Wille, zu verfolgen. Düstere und aufregende Vorstellungen sind im Vordergrunde; die höchstbegehrten, mit den höchsten Namen bezeichneten Zustände sind Epilepsoiden; die Diät wird so gewählt, daß sie morbide Erscheinungen begünstigt und die Nerven überreizt. Christlich ist die Todfeindschaft gegen die Herren der Erde, gegen die „Vornehmen" – und zugleich ein versteckter heimlicher Wettbewerb (– man läßt ihnen den „Leib", man will nur die „Seele" ...). Christlich ist der Haß gegen den Geist, gegen Stolz, Muth, Freiheit, libertinage des Geistes; christlich ist der Haß gegen die Sinne, gegen die Freuden der Sinne, gegen die Freude überhaupt ...

22.

Das Christenthum, als es seinen ersten Boden verließ, die niedrigsten Stände, die Unterwelt der antiken Welt, als es unter Barbaren-Völkern nach Macht ausgieng, hatte hier nicht mehr müde Menschen zur Voraussetzung, sondern innerlich verwilderte und sich zerreißende, – den starken Menschen, aber den mißrathnen. Die Unzufriedenheit mit sich, das Leiden an sich ist hier nicht wie bei dem Buddhisten eine übermäßige Reizbarkeit und Schmerzfähigkeit, vielmehr umgekehrt ein übermächtiges Verlangen nach Wehe–thun, nach Auslassung der inneren Spannung in feindseligen Handlungen und Vorstellungen. Das Christenthum hatte barbarische Begriffe und Werthe nöthig, um über Barbaren Herr zu werden: solche sind das Erstlingsopfer, das Bluttrinken im Abendmahl, die Verachtung des Geistes und der Cultur; die Folterung in allen Formen, sinnlich und unsinnlich; der große Pomp des Cultus. Der Buddhismus ist eine Religion für späte Menschen, für gütige, sanfte, übergeistig gewordne Rassen, die zu leicht Schmerz empfinden (– Europa ist noch lange nicht reif für ihn –): er ist eine Rückführung derselben zu Frieden und Heiterkeit, zur Diät im Geistigen, zu einer gewissen Abhärtung im Leiblichen. Das Christenthum will über Raubthiere Herr werden; sein Mittel ist, sie krank zu machen, – die Schwächung ist das christliche Recept zur Zähmung, zur „Civilisation". Der Buddhismus ist eine Religion für den Schluß und die Müdigkeit der Civilisation, das Christentum findet sie noch nicht einmal vor, – es begründet sie unter Umständen.

23.

Der Buddhismus, nochmals gesagt, ist hundertmal kälter, wahrhafter, objektiver. Er hat nicht mehr nöthig, sich sein Leiden, seine

Schmerzfähigkeit anständig zu machen durch die Interpretation der Sünde, – er sagt bloß, was er denkt, „ich leide". Dem Barbaren dagegen ist Leiden an sich nichts Anständiges: er braucht erst eine Auslegung, um es sich einzugestehn, daß er leidet (sein Instinkt weist ihn eher auf Verleugnung des Leidens, auf stilles Ertragen hin). Hier war das Wort „Teufel" eine Wohlthat: man hatte einen übermächtigen und furchtbaren Feind, – man brauchte sich nicht zu schämen, an einem solchen Feind zu leiden. –

Das Christenthum hat einige Feinheiten auf dem Grunde, die zum Orient gehören. Vor Allem weiß es, daß es an sich ganz gleichgültig ist, ob Etwas wahr ist, aber von höchster Wichtigkeit, sofern es als wahr geglaubt wird. Die Wahrheit und der Glaube, daß Etwas wahr sei: zwei ganz auseinanderliegende Interessen" Welten, fast Gegensatz-Welten, – man kommt zum Einen und zum Andern auf grundverschienen Wegen. Hierüber wissend zu sein – das macht im Orient beinahe den Weisen: so verstehn es die Brahmanen, so versteht es Plato, so jeder Schüler esoterischer Weisheit. Wenn zum Beispiel ein Glück darin liegt, sich von der Sünde erlöst zu glauben, so thut als Voraussetzung dazu nicht noth, daß der Mensch sündig sei, sondern daß er sich sündig fühlt. Wenn aber überhaupt vor Allem Glaube noth thut, so muß man die Vernunft, die Erkenntniß, die Forschung in Mißcredit bringen: der Weg zur Wahrheit wird zum verbotnen Weg. – Die starke Hoffnung ist ein viel größeres Stimulans des Lebens, als irgend ein einzelnes wirklich eintretendes Glück. Man muß Leidende durch eine Hoffnung aufrecht erhalten, welcher durch keine Wirklichkeit widersprochen werden kann, – welche nicht durch eine Erfüllung abgethan wird: eine Jenseits-Hoffnung. (Gerade wegen dieser Fähigkeit, den Unglücklichen hinzuhalten, galt die Hoffnung bei den Griechen als Übel der Übel, als das eigentlich tückische Übel: es blieb im Faß des Übels zurück). – Damit Liebe möglich ist, muß Gott Person sein; damit die untersten Instinkte mitreden können, muß Gott jung sein. Man hat für die Inbrunst der Weiber einen schönen Heiligen, für die der Männer eine Maria in den Vordergrund zu rücken. Dies unter der Voraussetzung, daß das Christenthum auf einem Boden Herr werden will. wo aphrodisische oder Adonis-Culte den Begriff des Cultus bereits bestimmt haben. Die Forderung der Keuschheit verstärkt die Vehemenz und Innerlichkeit des religiösen Instinkts – sie macht den Cultus wärmer, schwärmerischer, seelenvoller. – Die Liebe ist der Zustand, wo der Mensch die Dinge am meisten so sieht, wie sie nicht sind. Die illusorische Kraft ist da auf ihrer Höhe, ebenso die versüßende, die verklärende Kraft. Man erträgt in der Liebe mehr als sonst, man duldet Alles. Es galt eine Religion zu erfinden, in der geliebt werden kann: damit ist man über das Schlimmste am Leben hinaus, – man sieht es gar nicht mehr. – So viel über die drei christlichen Tugenden Glaube, Liebe, Hoffnung: ich nenne sie die drei christlichen Klugheiten. – Der Buddhismus ist zu spät, zu positivistisch dazu, um noch auf diese Weise klug zu sein. –

24.

Ich berühre hier nur das Problem der Entstehung des Christentums. Der erste Satz zu dessen Lösung heißt: das Christenthum ist einzig aus dem Boden zu verstehn, aus dem es gewachsen ist, – es ist nicht eine Gegenbewegung gegen den jüdischen Instinkt, es ist dessen Folgerichtigkeit selbst, ein Schluß weiter in dessen furchteinflößender Logik. In der Formel des Erlösers: „das Heil kommt von den Juden". – Der zweite Satz heißt: der psychologische Typus des Galiläers ist noch erkennbar, aber erst in seiner vollständigen Entartung (die zugleich Verstümmlung und Überladung mit fremden Zügen ist –) hat er dazu dienen können, wozu er gebraucht worden ist, zum Typus eines Erlösers der Menschheit. – Die Juden sind das merkwürdigste Volk der Weltgeschichte, weil sie, vor die Frage von Sein und Nichtsein gestellt, mit einer vollkommen unheimlichen Bewußtheit das Sein um jeden Preis vorgezogen haben: dieser Preis war die radikale Fälschung aller Natur, aller Natürlichkeit, aller Realität, der ganzen inneren Welt so gut als der äußeren. Sie grenzten sich ab gegen alle Bedingungen, unter denen bisher ein Volk leben konnte, leben durfte; sie schufen aus sich einen Gegensatz-Begriff zu natürlichen Bedingungen, – sie haben, der Reihe nach, die Religion, den Cultus, die Moral, die Geschichte, die Psychologie auf eine Unheilbare Weise in den Widerspruch zu deren Natur-Werthen umgedreht. Wir begegnen demselben Phänomene noch einmal und in unsäglich vergrößerten Proportionen, trotzdem nur als Copie: – die christliche Kirche entbehrt, im Vergleich zum „Volk der Heiligen", jedes Anspruchs auf Originalität. Die Juden sind, ebendamit, das verhängnißvollste Volk der Weltgeschichte: in ihrer Nachwirkung haben sie die Menschheit dermaaßen falsch gemacht, daß heute noch der Christ antijüdisch fühlen kann, ohne sich als die letzte jüdische Consequenz zu verstehn.

Ich habe in meiner „Genealogie der Moral" zum ersten Male den Gegensatz-Begriff einer vornehmen Moral und einer ressentiment-Moral psychologisch vorgeführt, letztere aus dem Nein gegen die erstere entsprungen: aber dies ist die jüdisch-christliche Moral ganz und gar. Um Nein sagen zu können zu Allem, was die aufsteigende Bewegung des Lebens, die Wohlgerathenheit, die Macht, die Schönheit, die Selbstbejahung auf Erden darstellt, mußte hier sich der Genie gewordne Instinkt des ressentiment eine andre Welt erfinden, von wo aus jene Lebens-Bejahung als das Böse, als das Verwerfliche an sich erschien. Psychologisch nachgerechnet, ist das jüdische Volk ein Volk der zähesten Lebenskraft, welches, unter unmögliche Bedingungen versetzt, freiwillig, aus der tiefsten Klugheit der Selbsterhaltung, die Partei aller décadence-

Instinkte nimmt, – nicht als von ihnen beherrscht, sondern weil es in ihnen eine Macht errieth, mit der man sich gegen “die Welt“ durchsetzen kann. Die Juden sind das Gegenstück aller décadents: sie haben sie darstellen müssen bis zur Illusion, sie haben sich, mit einem non plus ultra des schauspielerischen Genie's, an die Spitze aller décadence Bewegungen zu stellen gewußt (– als Christentum des Paulus –), um aus ihnen Etwas zu schaffen, das stärker ist als jede Ja-sagende Partei des Lebens. Die décadence ist, für die im Juden- und Christentum zur Macht verlangende Art von Mensch, eine priesterliche Art, nur Mittel: diese Art von Mensch hat ein Lebens-Interesse daran, die Menschheit krank zu machen und die Begriffe „gut“ und „böse“, „wahr“ und „falsch“ in einen lebensgefährlichen und weltverleumderischen Sinn umzudrehn. –

25.

Die Geschichte Israel's ist unschätzbar als typische Geschichte aller Entnatürlichung der Natur-Werthe: ich deute fünf Thatsachen derselben an. Ursprünglich, vor Allem in der Zeit des Königthums, stand auch Israel zu allen Dingen in der richtigen, das heißt der natürlichen Beziehung. Sein Javeh war der Ausdruck des Macht-Bewußtseins, der Freude an sich, der Hoffnung auf sich: in ihm erwartete man Sieg und Heil, mit ihm vertraute man der Natur, daß sie giebt, was das Volk nöthig hat – vor Allem Regen. Javeh ist der Gott Israel's und folglich Gott der Gerechtigkeit: die Logik jedes Volks, das in Macht ist und ein gutes Gewissen davon hat. Im Fest-Cultus drücken sich diese beiden Seiten der Selbstbejahung eines Volkes aus: es ist dankbar für die großen Schicksale, durch die es obenauf kam, es ist dankbar im Verhältniß zum Jahreskreislauf und allem Glück in Viehzucht und Ackerbau. – Dieser Zustand der Dinge blieb noch lange das Ideal, auch als er auf eine traurige Weise abgethan war: die Anarchie im Innern, der Assyrer von Außen. Aber das Volk hielt als höchste Wünschbarkeit jene Vision eines Königs fest, der ein guter Soldat und ein strenger Richter ist: vor Allem jener typische Prophet (das heißt Kritiker und Satiriker des Augenblicks) Jesaia. – Aber jede Hoffnung blieb unerfüllt. Der alte Gott konnte nichts mehr von dem, was er ehemals konnte. Man hätte ihn fahren lassen sollen. Was geschah? Man veränderte seinen Begriff, – man entnatürlichte seinen Begriff: um diesen Preis hielt man ihn fest. – Javeh der Gott der „Gerechtigkeit", – nicht mehr eine Einheit mit Israel, ein Ausdruck des Volks-Selbstgefühls: nur noch ein Gott unter Bedingungen ... Sein Begriff wird ein Werkzeug in den Händen priesterlicher Agitatoren, welche alles Glück nunmehr als Lohn, alles Unglück als Strafe für Ungehorsam gegen Gott, für „Sünde" interpretiren: jene verlogenste Interpretations-Manier einer angeblich „sittlichen Weltordnung", mit der, ein für alle Mal, der Naturbegriff „Ursache" und „Wirkung" auf den Kopf gestellt ist. Wenn man erst, mit Lohn und Strafe, die natürliche Causalität aus der Welt geschafft hat, bedarf man einer widernatürlichen Causalität: der ganze Rest von Unnatur folgt nunmehr. Ein Gott, der fordert, – an Stelle eines Gottes, der hilft, der Rath schafft, der im Grunde das Wort ist für jede glückliche Inspiration des Muths und des Selbstvertrauens ... Die Moral nicht mehr der Ausdruck der Lebens- und Wachsthumsbedingungen eines Volks, nicht mehr sein unterster Instinkt des Lebens, sondern abstrakt geworden, Gegensatz zum Leben geworden, – Moral als grundsätzliche Verschlechterung der Phantasie, als „böser Blick“ für alle Dinge. Was ist jüdische, was ist christliche Moral? Der Zufall um seine Unschuld gebracht; das Unglück mit dem Begriff „Sünde“ beschmutzt; das Wohlbefinden als Gefahr, als „Versuchung“; das physiologische Übelbefinden mit dem Gewissens-Wurm vergiftet ...

26.

Der Gottesbegriff gefälscht; der Moralbegriff gefälscht: – die jüdische Priesterschaft blieb dabei nicht stehn. Man konnte die ganze Geschichte Israel's nicht brauchen: fort mit ihr! – Diese Priester haben jenes Wunderwerk von Fälschung zu Stande gebracht, als deren Dokument uns ein guter Theil der Bibel vorliegt: sie haben ihre eigne Volks-Vergangenheit mit einem Hohn ohne Gleichen gegen jede Überlieferung, gegen jede historische Realität, in's Religiöse übersetzt, das heißt, aus ihr einen stupiden Heils-Mechanismus von Schuld gegen

Javeh und Strafe, von Frömmigkeit gegen Javeh und Lohn gemacht. Wir würden diesen schmachvollsten Akt der Geschichts-Fälschung viel schmerzhafter empfinden, wenn uns nicht die kirchliche Geschichts-Interpretation von Jahrtausenden fast stumpf für die Forderungen der Rechtschaffenheit in historicis gemacht hätte. Und der Kirche sekundirten die Philosophen: die Lüge der „sittlichen Weltordnung“ geht durch die ganze Entwicklung selbst der neueren Philosophie. Was bedeutet „sittliche Weltordnung“? Daß es, ein für alle Mal, einen Willen Gottes giebt, was der Mensch zu thun, was er zu lassen habe; daß der Werth eines Volkes, eines Einzelnen sich darnach bemesse, wie sehr oder wie wenig dem Willen Gottes gehorcht wird; daß in den Schicksalen eines Volkes, eines Einzelnen sich der Wille Gottes als herrschend, das heißt als strafend und belohnend, je nach dem Grade des Gehorsams, beweist. – Die Realität an Stelle dieser erbarmungswürdigen Lüge heißt: eine parasitische Art Mensch, die nur auf Kosten aller gesunden Bildungen des Lebens gedeiht, der Priester, mißbraucht den Namen Gottes: er nennt einen Zustand der Gesellschaft, in dem der Priester den Werth der Dinge bestimmt, „das Reich Gottes“; er nennt die Mittel, vermöge deren ein solcher Zustand erreicht oder aufrecht erhalten wird, „den Willen Gottes“; er mißt, mit einem kaltblütigen Cynismus, die Völker, die Zeiten, die Einzelnen darnach ab, ob sie der Priester-Übermacht nützten oder widerstrebten. Man sehe sie am Werk: unter den Händen der jüdischen Priester wurde die große Zeit in der Geschichte Israel's eine Verfalls-Zeit, das Exil, das lange Unglück verwandelte sich in eine ewige Strafe für die große Zeit – eine Zeit, in der der Priester noch nichts war. Sie haben aus den mächtigen, sehr frei gerathenen Gestalten der Geschichte Israel's, je nach Bedürfniß, armselige Ducker und Mucker oder „Gottlose" gemacht, sie haben die Psychologie jedes großen Ereignisses auf die Idioten-Formel „Gehorsam oder Ungehorsam gegen Gott" vereinfacht. – Ein Schritt weiter: der „Wille Gottes" (das heißt die Erhaltungs-Bedingungen für die Macht des Priesters) muß bekannt sein, – zu diesem Zwecke bedarf es einer „Offenbarung". Auf deutsch: eine große litterarische Fälschung wird nöthig, eine „heilige Schrift" wird entdeckt, – unter allem hieratischen Pomp, mit Bußtagen und Jammergeschrei über die lange „Sünde" wird sie öffentlich gemacht. Der „Wille Gottes" stand längst fest: das ganze Unheil liegt darin, daß man sich der „heiligen Schrift" entfremdet hat ... Moses schon war der „Wille Gottes" offenbart ... Was war geschehn? Der Priester hatte, mit Strenge, mit Pedanterie, bis auf die großen und kleinen Steuern, die man ihm zu zahlen hatte (– die schmackhaftesten Stücke vom Fleisch nicht zu vergessen: denn der Priester ist ein Beefsteak-Fresser), ein für alle Mal formulirt, was er haben will, „was der Wille Gottes ist" ... Von nun an sind alle Dinge des Lebens so geordnet, daß der Priester überall unentbehrlich ist; in allen natürlichen Vorkommnissen des Lebens, bei der Geburt, der Ehe, der Krankheit, dem Tode, gar nicht vom „Opfer" (der Mahlzeit) zu reden, erscheint der heilige Parasit, um sie zu entnatürlichen, – in seiner Sprache: zu „heiligen" ... Denn dies muß man begreifen: jede natürliche Sitte, jede natürliche Institution (Staat, Gerichtsordnung, Ehe, Kranken- und Armenpflege), jede vom Instinkt des Lebens eingegebne Forderung, kurz Alles, was seinen Werth in sich hat, wird durch den Parasitismus des Priesters (oder der „sittlichen Weltordnung“) grundsätzlich werthlos, werth- widrig gemacht: es bedarf nachträglich einer Sanktion, – eine werthverleihende Macht thut noth, welche die Natur darin verneint, welche eben damit erst einen Werth schafft ... Der Priester entwerthet, entheiligt die Natur: um diesen Preis besteht er überhaupt. – Der Ungehorsam gegen Gott, das heißt gegen den Priester, gegen „das Gesetz“, bekommt nun den Namen „Sünde“; die Mittel, sich wieder „mit Gott zu versöhnen“, sind, wie billig, Mittel, mit denen die Unterwerfung unter den Priester nur noch gründlicher gewährleistet ist: der Priester allein „erlöst“ ... Psychologisch nachgerechnet, werden in jeder priesterlich organisirten Gesellschaft die „Sünden“ unentbehrlich: sie sind die eigentlichen Handhaben der Macht, der Priester lebt von den Sünden, er hat nöthig, daß „gesündigt“ wird ... Oberster Satz: „Gott vergiebt Dem, der Buße thut“ – auf deutsch: der sich dem Priester unterwirft. –

27.

Auf einem dergestalt falschen Boden, wo jede Natur, jeder Naturwerth, jede Realität die tiefsten Instinkte der herrschenden Klasse wider sich hatte, wuchs das Christenthum auf, eine Todfeindschafts-Form gegen die Realität, die bisher nicht übertroffen worden ist. Das „heilige Volk“, das für alle Dinge nur Priester-Werthe, nur Priester-Worte übrig behalten hatte und mit einer Schluß-Folgerichtigkeit, die Furcht einflößen kann, Alles, was sonst noch an Macht auf Erden bestand, als „unheilig“, als „Welt“, als „Sünde“ von sich abgetrennt hatte, – dies Volk brachte für seinen Instinkt eine letzte Formel hervor, die logisch war bis zur Selbstverneinung: es verneinte, als Christenthum, noch die letzte Form der Realität, das „heilige Volk“, das „Volk der Ausgewählten“, die jüdische Realität selbst. Der Fall ist ersten Rangs: die kleine aufständische Bewegung, die auf den Namen des Jesus von Nazareth getauft wird, ist der jüdische Instinkt noch einmal, – anders gesagt, der Priester-Instinkt, der den Priester als Realität nicht mehr verträgt, die Erfindung einer noch abgezogneren Daseinsform, einer noch unrealeren Vision der Welt, als sie die Organisation einer Kirche bedingt. Das Christenthum verneint die Kirche ...

Ich sehe nicht ab, wogegen der Aufstand gerichtet war, als dessen Urheber Jesus verstanden oder mißverstanden worden ist, wenn es nicht der Aufstand gegen die jüdische Kirche war, – „Kirche“ genau in dem Sinn genommen, in dem wir heute das Wort nehmen. Es war ein Aufstand gegen „die Guten und Gerechten“, gegen „die Heiligen Israel's“, gegen die Hierarchie der Gesellschaft – nicht gegen deren Verderbniß, sondern gegen die Kaste, das Privilegium, die Ordnung, die Formel; es war der Unglaube an die „höheren Menschen“, das Nein gesprochen gegen Alles, was Priester und Theologe war. Aber die Hierarchie, die damit, wenn auch nur für einen Augenblick, in Frage gestellt wurde, war der Pfahlbau, auf dem das jüdische Volk, mitten im „Wasser“, überhaupt noch fortbestand, – die mühsam errungene letzte Möglichkeit, übrig zu bleiben, das Residuum seiner politischen Sonder-Existenz: ein Angriff auf sie war ein Angriff auf den tiefsten Volks-Instinkt, auf den zähesten Volks-Lebenswillen, der je auf Erden dagewesen ist. Dieser heilige Anarchist, der das niedere Volk, die Ausgestoßnen und „Sünder“, die Tschandala innerhalb des Judenthums zum Widerspruch gegen die herrschende Ordnung aufrief – mit einer Sprache, falls den Evangelien zu trauen wäre, die auch heute noch nach Sibirien führen würde, war ein politischer Verbrecher, so weit eben politische Verbrecher in einer absurd-unpolitischen Gemeinschaft möglich waren. Dies brachte ihn an's Kreuz: der Beweis dafür ist die Aufschrift des Kreuzes. Er starb für seine Schuld, – es fehlt jeder Grund dafür, so oft es auch behauptet worden ist, daß er für die Schuld Andrer starb. –

28.

Eine vollkommen andre Frage ist es, ob er einen solchen Gegensatz überhaupt im Bewußtsein hatte, – ob er nicht bloß als dieser

Gegensatz empfunden wurde. Und hier erst berühre ich das Problem der Psychologie des Erlösers. – Ich bekenne, daß ich wenige Bücher mit solchen Schwierigkeiten lese wie die Evangelien. Diese Schwierigkeiten sind andre als die, an deren Nachweis die gelehrte Neugierde des deutschen Geistes einen ihrer unvergeßlichsten Triumphe gefeiert hat. Die Zeit ist fern, wo auch ich, gleich jedem jungen Gelehrten, mit der klugen Langsamkeit eines raffinirten Philologen das Werk des unvergleichlichen Strauß auskostete. Damals war ich zwanzig Jahre alt: jetzt bin ich zu ernst dafür. Was gehen mich die Widersprüche der „Überlieferung" an? Wie kann man Heiligen-Legenden überhaupt „Überlieferung" nennen! Die Geschichten von Heiligen sind die zweideutigste Litteratur, die es überhaupt giebt: auf sie die wissenschaftliche Methode anwenden, wenn sonst keine Urkunden vorliegen, scheint mir von vornherein verurtheilt, – bloß gelehrter Müßiggang ...

29.

Was mich angeht, ist der psychologische Typus des Erlösers. Derselbe könnte ja in den Evangelien enthalten sein trotz den Evangelien, wie sehr auch immer verstümmelt oder mit fremden Zügen überladen: wie der des Franciscus von Assisi in seinen Legenden erhalten ist trotz seinen Legenden. Nicht die Wahrheit darüber, was er gethan, was er gesagt, wie er eigentlich gestorben ist: sondern die Frage, ob sein Typus überhaupt noch vorstellbar, ob er „überliefert“ ist? – Die Versuche, die ich kenne, aus den Evangelien sogar die Geschichte einer „Seele“ herauszulesen, scheinen mir Beweise einer verabscheuungswürdigen psychologischen Leichtfertigkeit. Herr Renan, dieser Hanswurst in psycho-logicis, hat die zwei ungehörigsten Begriffe zu seiner Erklärung des Typus Jesus hinzugebracht, die es hierfür geben kann: den Begriff Genie und den Begriff Held (“héros“). Aber wenn irgend Etwas unevangelisch ist, so ist es der Begriff Held. Gerade der Gegensatz zu allem Ringen, zu allem Sich-in-Kampf-fühlen ist hier Instinkt geworden: die Unfähigkeit zum Widerstand wird hier Moral („widerstehe nicht dem Bösen!“ das tiefste Wort der Evangelien, ihr Schlüssel in gewissem Sinne), die Seligkeit im Frieden, in der Sanftmuth, im Nicht-feind-sein- können. Was heißt „frohe Botschaft“? Das wahre Leben, das ewige Leben ist gefunden, – es wird nicht verheißen, es ist da, es ist in euch: als Leben in der Liebe, in der Liebe ohne Abzug und Ausschluß, ohne Distanz. Jeder ist das Kind Gottes – Jesus nimmt durchaus nichts für sich allein in Anspruch –, als Kind Gottes ist Jeder mit Jedem gleich ... Aus Jesus einen Helden machen! – Und was für ein Mißverständniß ist gar das Wort „Genie“! Unser ganzer Begriff, unser Cultur-Begriff „Geist“ hat in der Welt, in der Jesus lebt, gar keinen Sinn. Mit der Strenge des Physiologen gesprochen, wäre hier ein ganz andres Wort eher noch am Platz ... Wir kennen einen Zustand krankhafter Reizbarkeit des Tastsinns, der dann vor jeder Berührung, vor jedem Anfassen eines festen Gegenstandes zurückschaudert. Man übersetze sich einen solchen physiologischen habitus in seine letzte Logik – als Instinkt-Haß gegen jede Realität, als Flucht in's „Unfaßliche", in's „Unbegreifliche", als Widerwille gegen jede Formel, jeden Zeit- und Raumbegriff, gegen Alles, was fest, Sitte, Institution, Kirche ist, als Zu-Hause-sein in einer Welt, an die keine Art Realität mehr rührt, einer bloß noch „inneren" Welt, einer „wahren" Welt, einer „ewigen" Welt... „Das Reich Gottes ist in euch"...

30.

Der Instinkt-Haß gegen die Realität: Folge einer extremen Leid- und Reizfähigkeit, welche überhaupt nicht mehr „berührt" werden will, weil sie jede Berührung zu tief empfindet.

Die Instinkt-Ausschließung aller Abneigung, aller Feindschaft, aller Grenzen und Distanzen im Gefühl: Folge einer extremen Leid- und Reizfähigkeit, welche jedes Widerstreben, Widerstreben-müssen bereits als unerträgliche Unlust (das heißt als schädlich, als vom Selbsterhaltungs-Instinkte widerrathen) empfindet und die Seligkeit (die Lust) allein darin kennt, nicht mehr, Niemandem mehr, weder dem Übel noch dem Bösen, Widerstand zu leisten, – die Liebe als einzige, als letzte Lebens-Möglichkeit...

Dies sind die zwei physiologischen Realitäten, auf denen, aus denen die Erlösungs-Lehre gewachsen ist. Ich nenne sie eine sublime Weiter-Entwicklung des Hedonismus auf durchaus morbider Grundlage. Nächstverwandt, wenn auch mit einem großen Zuschuß von griechischer Vitalität und Nervenkraft, bleibt ihr der Epikureismus, die Erlösungs-Lehre des Heidenthums. Epikur ein typischer décadent: zuerst von mir als solcher erkannt. – Die Furcht vor Schmerz, selbst vor dem Unendlich-Kleinen im Schmerz – sie kann gar nicht anders enden als in einer Religion der Liebe...

31.

Ich habe meine Antwort auf das Problem vorweg gegeben. Die Voraussetzung für sie ist, daß der Typus des Erlösers uns nur in einer starken Entstellung erhalten ist. Diese Entstellung hat an sich viel Wahrscheinlichkeit: ein solcher Typus konnte aus mehreren Gründen nicht rein, nicht ganz, nicht frei von Zuthaten bleiben. Es muß sowohl das Milieu, in dem sich diese fremde Gestalt bewegte, Spuren an ihm hinterlassen haben, als noch mehr die Geschichte, das Schicksal der ersten christlichen Gemeinde: aus ihm wurde, rückwirkend, der Typus mit Zügen bereichert, die erst aus dem Kriege und zu Zwecken der Propaganda verständlich werden. Jene seltsame und kranke Welt, in die uns die Evangelien einführen – eine Welt, wie aus einem russischen

Romane, in der sich Auswurf der Gesellschaft, Nervenleiden und „kindliches“ Idiotenthum ein Stelldichein zu geben scheinen – muß unter allen Umständen den Typus vergröbert haben: die ersten Jünger in Sonderheit übersetzten ein ganz in Symbolen und Unfaßlichkeiten schwimmendes Sein erst in die eigne Crudität, um überhaupt Etwas davon zu verstehn, – für sie war der Typus erst nach einer Einformung in bekanntere Formen vorhanden... Der Prophet, der Messias, der zukünftige Richter, der Morallehrer, der Wundermann, Johannes der Täufer – ebensoviele Gelegenheiten, den Typus zu verkennen... Unterschätzen wir endlich das proprium aller großen, namentlich sektirerischen Verehrung nicht: sie löscht die originalen, oft peinlich-fremden Züge und Idiosynkrasien an dem verehrten Wesen aus – sie sieht sie selbst nicht. Man hätte zu bedauern, daß nicht ein Dostoiewsky in der Nähe dieses interessantesten décadent gelebt hat, ich meine, Jemand, der gerade den ergreifenden Reiz einer solchen Mischung von Sublimem, Krankem und Kindlichem zu empfinden wußte. Ein letzter Gesichtspunkt: der Typus könnte, als décadence-Typus, thatsächlich von einer eigenthümlichen Vielheit und Widersprüchlichkeit gewesen sein: eine solche Möglichkeit ist nicht völlig auszuschließen. Trotzdem räth Alles ab von ihr: gerade die Überlieferung würde für diesen Fall eine merkwürdig treue und objektive sein müssen: wovon wir Gründe haben das Gegentheil anzunehmen. Einstweilen klafft ein Widerspruch zwischen dem Berg-, See- und Wiesen-Prediger, dessen Erscheinung wie ein Buddha auf einem sehr wenig indischen Boden anmuthet, und jenem Fanatiker des Angriffs, dem Theologen- und Priester-Todfeind, den Renan's Bosheit als „ le grand maître en ironie“ verherrlicht hat. Ich selber zweifle nicht daran, daß das reichliche Maaß Galle (und selbst von esprit) erst aus dem erregten Zustand der christlichen Propaganda auf den Typus des Meisters übergeflossen ist: man kennt ja reichlich die Unbedenklichkeit aller Sektirer, aus ihrem Meister sich ihre Apologie zurecht zu machen. Als die erste Gemeinde einen richtenden, hadernden, zürnenden, bösartig spitzfindigen Theologen nöthig hatte, gegen Theologen, schuf sie sich ihren „Gott“ nach ihrem Bedürfnisse: wie sie ihm auch jene völlig unevangelischen Begriffe, die sie jetzt nicht entbehren konnte, “Wiederkunft“, „jüngstes Gericht“, jede Art zeitlicher Erwartung und Verheißung, ohne Zögern in den Mund gab. –

32.

Ich wehre mich, nochmals gesagt, dagegen, daß man den Fanatiker in den Typus des Erlösers einträgt: das Wort impérieux, das Renan gebraucht, annullirt allein schon den Typus. Die „gute Botschaft“ ist eben, daß es keine Gegensätze mehr giebt; das Himmelreich gehört den Kindern; der Glaube, der hier laut wird, ist kein erkämpfter Glaube, – er ist da, er ist von Anfang, er ist gleichsam eine in's Geistige zurückgetretene Kindlichkeit. Der Fall der verzögerten und im

Organismus unausgebildeten Pubertät, als Folgeerscheinung der Degenerescenz, ist wenigstens den Physiologen vertraut. – Ein solcher Glaube zürnt nicht, tadelt nicht, wehrt sich nicht: er bringt nicht „das Schwert“, – er ahnt gar nicht, inwiefern er einmal trennen könnte. Er beweist sich nicht, weder durch Wunder, noch durch Lohn und Verheißung, noch gar „durch die Schrift“: er selbst ist jeden Augenblick sein Wunder, sein Lohn, sein Beweis, sein „Reich Gottes“. Dieser Glaube formulirt sich auch nicht, – er lebt, er wehrt sich gegen Formeln. Freilich bestimmt der Zufall der Umgebung, der Sprache, der Vorbildung einen gewissen Kreis von Begriffen: das erste Christenthum handhabt nur jüdisch-semitische Begriffe (– das Essen und Trinken beim Abendmahl gehört dahin, jener von der Kirche, wie alles Jüdische, so schlimm mißbrauchte Begriff). Aber man hüte sich, darin mehr als eine Zeichenrede, eine Semiotik, eine Gelegenheit zu Gleichnissen zu sehn. Gerade, daß kein Wort wörtlich genommen wird, ist diesem Anti-Realisten die Vorbedingung, um überhaupt reden zu können. Unter Indern würde er sich der Sânkhyam-Begriffe, unter Chinesen der des Laotse bedient haben – und keinen Unterschied dabei fühlen. – Man könnte, mit einiger Toleranz im Ausdruck, Jesus einen „freien Geist“ nennen – er macht sich aus allem Festen nichts: das Wort tödtet, Alles, was fest ist, tödtet. Der Begriff, die Erfahrung “Leben“, wie er sie allein kennt, widerstrebt bei ihm jeder Art Wort, Formel, Gesetz, Glaube, Dogma. Er redet bloß vom Innersten: „Leben“ oder „Wahrheit“ oder

„Licht“ ist sein Wort für das Innerste, – alles Übrige, die ganze Realität, die ganze Natur, die Sprache selbst, hat für ihn bloß den Werth eines Zeichens, eines Gleichnisses. – Man darf sich an dieser Stelle durchaus nicht vergreifen, so groß auch die Verführung ist, welche im christlichen, will sagen kirchlichen Vorurtheil liegt: ein solcher Symbolist par excellence steht außerhalb aller Religion, aller Cult-Begriffe, aller Historie, aller Naturwissenschaft, aller Welt-Erfahrung, aller Kenntnisse, aller Politik, aller Psychologie, aller Bücher, aller Kunst, – sein „Wissen“ ist eben die reine Thorheit darüber, daß es Etwas dergleichen giebt. Die Cultur ist ihm nicht einmal vom Hörensagen bekannt, er hat keinen Kampf gegen sie nöthig, – er verneint sie nicht... Dasselbe gilt vom Staat, von der ganzen bürgerlichen Ordnung und Gesellschaft, von der Arbeit, vom Kriege, – er hat nie einen Grund gehabt, „die Welt“ zu verneinen, er hat den kirchlichen Begriff „Welt“ nie geahnt... Das Verneinen ist eben das ihm ganz Unmögliche –. Insgleichen fehlt die Dialektik, es fehlt die Vorstellung davon, daß ein Glaube, eine „Wahrheit“ durch Gründe bewiesen werden könnte (– seine Beweise sind innere „Lichter“, innere Lustgefühle und Selbstbejahungen, lauter “Beweise der Kraft“ –). Eine solche Lehre kann auch nicht widersprechen: sie begreift gar nicht, daß es andre Lehren giebt, geben kann, sie weiß sich ein gegentheiliges Urtheilen gar nicht vorzustellen... Wo sie es antrifft, wird sie aus innerstem Mitgefühle über „Blindheit“ trauern – denn sie sieht das „Licht“ –, aber keinen Einwand machen...

33.

In der ganzen Psychologie des „Evangeliums“ fehlt der Begriff Schuld und Strafe; insgleichen der Begriff Lohn. Die „Sünde“, jedwedes Distanz-Verhältniß zwischen Gott und Mensch ist abgeschafft, – eben das ist die „frohe Botschaft“. Die Seligkeit wird nicht verheißen, sie wird nicht an Bedingungen geknüpft: sie ist die einzige Realität – der Rest ist Zeichen, um von ihr zu reden...

Die Folge eines solchen Zustandes projicirt sich in eine neue Praktik, die eigentlich evangelische Praktik. Nicht ein „Glaube“ unterscheidet den Christen: der Christ handelt, er unterscheidet sich durch ein andres Handeln. Daß er Dem, der böse gegen ihn ist, weder durch Wort, noch im Herzen Widerstand leistet. Daß er keinen Unterschied zwischen Fremden und Einheimischen, zwischen Juden und Nicht-Juden macht („der Nächste“ eigentlich der Glaubensgenosse, der Jude). Daß er sich gegen Niemanden erzürnt, Niemanden geringschätzt. Daß er sich bei Gerichtshöfen weder sehn läßt, noch in Anspruch nehmen läßt („nicht schwören“). Daß er sich unter keinen Umständen, auch nicht im Falle bewiesener Untreue des Weibes, von seinem Weibe scheidet. – Alles im Grunde Ein Satz, Alles Folgen Eines Instinkts. –

Das Leben des Erlösers war nichts Andres als diese Praktik, – sein Tod war auch nichts Andres... Er hatte keine Formeln, keinen Ritus für den Verkehr mit Gott mehr nöthig, – nicht einmal das Gebet. Er hat mit der ganzen jüdischen Buß- und Versöhnungs-Lehre abgerechnet; er weiß, wie es allein die Praktik des Lebens ist, mit der man sich „göttlich", „selig", „evangelisch", jederzeit ein „Kind Gottes" fühlt. Nicht "Buße", nicht "Gebet um Vergebung" sind Wege zu Gott: die evangelische Praktik allein führt zu Gott, sie eben ist "Gott"! – Was mit dem Evangelium abgethan war, das war das Judenthum der Begriffe „Sünde", „Vergebung der Sünde", „Glaube", „Erlösung durch den Glauben", – die ganze jüdische Kirchen-Lehre war in der „frohen Botschaft" verneint.

Der tiefe Instinkt dafür, wie man leben müsse, um sich „im Himmel" zu fühlen, um sich „ewig" zu fühlen, während man sich bei jedem andern Verhalten durchaus nicht "im Himmel" fühlt: dies allein ist die psychologische Realität der „Erlösung". – Ein neuer Wandel, nicht ein neuer Glaube...

34.

Wenn ich irgend Etwas von diesem großen Symbolisten verstehe, so ist es Das, daß er nur innere Realitäten als Realitäten, als „Wahrheiten" nahm, – daß er den Rest, alles Natürliche, Zeitliche, Räumliche, Historische nur als Zeichen, als Gelegenheit zu Gleichnissen verstand. Der Begriff „des Menschen Sohn“ ist nicht eine concrete Person, die in die Geschichte gehört, irgend etwas Einzelnes, Einmaliges, sondern eine „ewige“ Thatsächlichkeit, ein von dem Zeitbegriff erlöstes psychologisches Symbol. Dasselbe gilt noch einmal, und im höchsten Sinne, von dem Gott dieses typischen Symbolisten, vom „Reich Gottes“, vom „Himmelreich“, von der „Kindschaft Gottes“. Nichts ist unchristlicher als die kirchlichen Cruditäten von einem Gott als Person, von einem „Reich Gottes“, welches kommt, von einem „Himmelreich“ jenseits, von einem „Sohne Gottes“, der zweiten Person der Trinität. Dies Alles ist – man vergebe mir den Ausdruck – die Faust auf dem Auge – oh auf was für einem Auge! – des Evangeliums: ein welthistorischer Cynismus in der Verhöhnung des Symbols... Aber es liegt ja auf der Hand, was mit dem Zeichen „Vater“ und „Sohn“ angerührt wird – nicht auf jeder Hand, ich gebe es zu: mit dem Wort „Sohn“ ist der Eintritt in das Gesammt-Verklärungs-Gefühl aller Dinge (die Seligkeit) ausgedrückt, mit dem Wort „Vater“ dieses Gefühl selbst, das Ewigkeits-, das Vollendungs-Gefühl. – Ich schäme mich daran zu erinnern, was die Kirche aus diesem Symbolismus gemacht hat: hat sie nicht eine Amphitryon-Geschichte an die Schwelle des christlichen „Glaubens“ gesetzt? Und ein Dogma von der „unbefleckten Empfängniß“ noch obendrein?... Aber damit hat sie die Empfängniß befleckt – –

Das „Himmelreich“ ist ein Zustand des Herzens, – nicht Etwas, das „über der Erde“ oder „nach dem Tode“ kommt. Der ganze Begriff des natürlichen Todes fehlt im Evangelium: der Tod ist keine Brücke, kein Übergang, er fehlt, weil einer ganz andern, bloß scheinbaren, bloß zu Zeichen nützlichen Welt zugehörig. Die „Todesstunde“ ist kein christlicher Begriff, – die „Stunde“, die Zeit, das physische Leben und seine Krisen sind gar nicht vorhanden für den Lehrer der „frohen Botschaft“... Das „Reich Gottes“ ist nichts, das man erwartet; es hat kein Gestern und kein Übermorgen, es kommt nicht in „tausend Jahren“, – es ist eine Erfahrung an einem Herzen; es ist überall da, es ist nirgends da...

35.

Dieser „frohe Botschafter“ starb wie er lebte, wie er lehrte – nicht um „die Menschen zu erlösen“, sondern um zu zeigen, wie man zu leben hat. Die Praktik ist es, welche er der Menschheit hinterließ: sein Verhalten vor den Richtern, vor den Häschern, vor den Anklägern und aller Art Verleumdung und Hohn, – sein Verhalten am Kreuz. Er widersteht nicht, er vertheidigt nicht sein Recht, er thut keinen Schritt, der das Äußerste von ihm abwehrt, mehr noch, er fordert es heraus... Und er bittet, er leidet, er liebt mit Denen, in Denen, die ihm Böses thun... Nicht sich wehren, nicht zürnen, nicht verantwortlich-machen ... Sondern auch nicht dem Bösen widerstehen, – ihn lieben...

36.

– Erst wir, wir freigewordenen Geister, haben die Voraussetzung dafür, Etwas zu verstehn, das neunzehn Jahrhunderte mißverstanden haben, – jene Instinkt und Leidenschaft gewordene Rechtschaffenheit, welche der „heiligen Lüge“ noch mehr als jeder andern Lüge den Krieg macht... Man war unsäglich entfernt von unsrer liebevollen und vorsichtigen Neutralität, von jener Zucht des Geistes, mit der allein das Errathen so fremder, so zarter Dinge ermöglicht wird: man wollte jederzeit, mit einer unverschämten Selbstsucht, nur seinen Vortheil darin, man hat aus dem Gegensatz zum Evangelium die Kirche aufgebaut...

Wer nach Zeichen dafür suchte, daß hinter dem großen Welten-Spiel eine ironische Göttlichkeit die Finger handhabe, er fände keinen kleinen Anhalt in dem ungeheuren Fragezeichen, das Christentum heißt. Daß die Menschheit vor dem Gegensatz Dessen auf den Knien liegt, was der Ursprung, der Sinn, das Recht des Evangeliums war, daß sie in dem Begriff „Kirche“ gerade Das heilig gesprochen hat, was der „frohe Botschafter“ als unter sich, als hinter sich empfand – man sucht vergebens nach einer größeren Form welthistorischer Ironie – –

37.

– Unser Zeitalter ist stolz auf seinen historischen Sinn: wie hat es sich den Unsinn glaublich machen können, daß an dem Anfange des Christentums die grobe Wunderthäter- und Erlöser-Fabel steht, – und daß alles Spirituale und Symbolische erst eine spätere Entwicklung ist? Umgekehrt: die Geschichte des Christentums – und zwar vom Tode am Kreuze an – ist die Geschichte des schrittweise immer gröberen Mißverstehns eines ursprünglichen Symbolismus. Mit jeder Ausbreitung des Christentums über noch breitere, noch rohere Massen, denen die Voraussetzungen immer mehr abgiengen, aus denen es geboren ist, wurde es nöthiger, das Christentum zu vulgarisiren, zu barbarisiren, – es hat Lehren und Riten aller unterirdischen Culte des imperium Romanum, es hat den Unsinn aller Arten kranker Vernunft in sich eingeschluckt. Das Schicksal des Christenthums liegt in der Nothwendigkeit, daß sein Glaube selbst so krank, so niedrig und vulgär werden mußte, als die Bedürfnisse krank, niedrig und vulgär waren, die mit ihm befriedigt werden sollten. Als Kirche summirt sich endlich die kranke Barbarei selbst zur Macht, – die Kirche, diese Todfeindschaftsform zu jeder Rechtschaffenheit, zu jeder Höhe der Seele, zu jeder Zucht des Geistes, zu jeder freimüthigen und gütigen Menschlichkeit. – Die christlichen – die vornehmen Werthe: erst wir, wir freigewordnen Geister, haben diesen größten Werth-Gegensatz, den es giebt, wiederhergestellt! – –

38.

– Ich unterdrücke an dieser Stelle einen Seufzer nicht. Es giebt Tage, wo mich ein Gefühl heimsucht, schwärzer als die schwärzeste Melancholie – die Menschen-Verachtung. Und damit ich keinen Zweifel darüber lasse, was ich verachte, wen ich verachte: der Mensch von Heute ist es, der Mensch, mit dem ich verhängnißvoll gleichzeitig bin. Der Mensch von Heute – ich ersticke an seinem unreinen Athem... Gegen das Vergangne bin ich, gleich allen Erkennenden, von einer großen Toleranz, das heißt großmüthigen Selbstbezwingung: ich gehe durch die Irrenhaus-Welt ganzer Jahrtausende, heiße sie nun „Christenthum", „christlicher Glaube", „christliche Kirche", mit einer düsteren Vorsicht hindurch, – ich hüte mich, die Menschheit für ihre Geisteskrankheiten verantwortlich zu machen. Aber mein Gefühl schlägt um, bricht heraus, sobald ich in die neuere Zeit, in unsre Zeit eintrete. Unsre Zeit ist wissend... Was ehemals bloß krank war, heute ward es unanständig, – es ist unanständig, heute Christ zu sein. Und hier beginnt mein Ekel. – Ich sehe mich um: es ist kein Wort von Dem mehr übrig geblieben, was ehemals „Wahrheit" hieß, wir halten es nicht mehr aus, wenn ein Priester das Wort „Wahrheit" auch nur in den Mund nimmt. Selbst bei dem bescheidensten Anspruch auf Rechtschaffenheit muß man heute wissen, daß ein Theologe, ein Priester, ein Papst mit jedem Satz, den er spricht, nicht nur irrt, sondern lügt, – daß es ihm nicht mehr freisteht, aus „Unschuld", aus „Unwissenheit" zu lügen. Auch der Priester weiß, so gut es Jedermann weiß, daß es keinen „Gott" mehr giebt, keinen „Sünder", keinen „Erlöser", – daß „freier Wille", „sittliche Weltordnung" Lügen sind: – der Ernst, die tiefe Selbstüberwindung des Geistes erlaubt Niemandem mehr, hierüber nicht zu wissen... Alle Begriffe der Kirche sind erkannt als Das, was sie sind, als die bösartigste Falschmünzerei, die es giebt, zum Zweck, die Natur, die Natur-Werthe zu entwerthen; der Priester selbst ist erkannt als Das, was er ist, als die gefährlichste Art Parasit, als die eigentliche Giftspinne des Lebens... Wir wissen, unser Gewissen weiß es heute – , was überhaupt jene unheimlichen Erfindungen der Priester und der Kirche werth sind, wozu sie dienten, mit denen jener Zustand von Selbstschändung der Menschheit erreicht worden ist, der Ekel vor ihrem Anblick machen kann – die Begriffe „Jenseits", „jüngstes Gericht", „Unsterblichkeit der Seele", die „Seele" selbst: es sind Folter-Instrumente, es sind Systeme von Grausamkeiten, vermöge deren der Priester Herr wurde, Herr blieb... Jedermann weiß das: und trotzdem bleibt Alles beim Alten. Wohin kam das letzte Gefühl von Anstand, von Achtung vor sich selbst, wenn unsre Staatsmänner sogar, eine sonst sehr unbefangne Art Mensch und Antichristen der That durch und durch, sich heute noch Christen nennen und zum Abendmahl gehn?... Ein junger Fürst an der Spitze seiner Regimenter, prachtvoll als Ausdruck der Selbstsucht und Selbstüberhebung seines Volks, – aber, ohne jede Scham, sich als Christen bekennend!... Wen verneint denn das Christentum? was heißt es „Welt"?

Daß man Soldat, daß man Richter, daß man Patriot ist; daß man sich wehrt; daß man auf seine Ehre hält; daß man seinen Vortheil will; daß man stolz ist… Jede Praktik jedes Augenblicks, jeder Instinkt, jede zur That werdende Wertschätzung ist heute antichristlich: was für eine Mißgeburt von Falschheit muß der moderne Mensch sein, daß er sich trotzdem nicht schämt, Christ noch zu heißen! – – –

39.

– Ich kehre zurück, ich erzähle die echte Geschichte des Christenthums. – Das Wort schon „Christenthum“ ist ein Mißverständniß –, im Grunde gab es nur Einen Christen, und der starb am Kreuz. Das „Evangelium“ starb am Kreuz. Was von diesem Augenblick an „Evangelium“ heißt, war bereits der Gegensatz Dessen, was er gelebt: eine „ schlimme Botschaft“, ein Dysangelium. Es ist falsch bis zum Unsinn, wenn man in einem „Glauben“, etwa im Glauben an die Erlösung durch Christus das Abzeichen des Christen sieht: bloß die christliche Praktik, ein Leben so wie Der, der am Kreuze starb, es lebte, ist christlich… Heute noch ist ein solches Leben möglich, für gewisse Menschen sogar nothwendig: das echte, das ursprüngliche Christenthum wird zu allen Zeiten möglich sein… Nicht ein Glauben, sondern ein Thun, ein Vieles- nicht-thun vor Allem, ein andres Sein… Bewußtseins-Zustände, irgend ein Glauben, ein Für-wahr-halten zum Beispiel – jeder Psycholog weiß das – sind ja vollkommen gleichgültig und fünften Ranges gegen den Werth der Instinkte: strenger geredet, der ganze Begriff geistiger Ursächlichkeit ist falsch. Das Christ-sein, die Christlichkeit auf ein Für-wahr-halten, auf eine bloße Bewußtseins-Phänomenalität reduciren heißt die Christlichkeit negiren. In der That gab es gar keine Christen. Der „Christ", Das, was seit zwei Jahrtausenden Christ heißt, ist bloß ein psychologisches Selbst-Mißverständniß. Genauer zugesehn, herrschten in ihm, trotz allem „Glauben", bloß die Instinkte – und was für Instinkte! – Der „Glaube" war zu allen Zeiten, beispielsweise bei Luther, nur ein Mantel, ein Vorwand, ein Vorhang, hinter dem die Instinkte ihr Spiel spielten –, eine kluge Blindheit über die Herrschaft gewisser Instinkte... Der „Glaube" – ich nannte ihn schon die eigentliche christliche Klugheit, – man sprach immer vom „Glauben", man that immer nur vom Instinkte... In der Vorstellungswelt des Christen kommt Nichts vor, was die Wirklichkeit auch nur anrührte: dagegen erkannten wir im Instinkt-Haß gegen jede Wirklichkeit das treibende, das einzig treibende Element in der Wurzel des Christenthums. Was folgt daraus? Daß auch in psychologicis hier der Irrthum radikal, das heißt wesen-bestimmend, das heißt Substanz ist. Ein Begriff hier weg, eine einzige Realität an dessen Stelle – und das ganze Christentum rollt in's Nichts! – Aus der Höhe gesehn, bleibt diese fremdartigste aller Thatsachen, eine durch Irrthümer nicht nur bedingte, sondern nur in schädlichen, nur in leben- und herzvergiftenden Irrthümern erfinderische und selbst geniale Religion ein Schauspiel für Götter, – für jene Gottheiten, welche zugleich Philosophen sind, und denen ich zum Beispiel bei jenen berühmten Zwiegesprächen auf Naxos begegnet bin. Im Augenblick, wo der Ekel von ihnen weicht (– und von uns!), werden sie dankbar für das Schauspiel des Christen: das erbärmliche kleine Gestirn, das Erde heißt, verdient vielleicht allein um dieses curiosen Falls willen einen göttlichen Blick, eine göttliche Antheilnahme ... Unterschätzen wir nämlich den Christen nicht: der Christ, falsch bis zur Unschuld, ist weit über dem Affen, – in Hinsicht auf Christen wird eine bekannte Herkunfts-Theorie zur bloßen Artigkeit ...

40.

– Das Verhängnis; des Evangeliums entschied sich mit dem Tode, – es hieng am „Kreuz“ ... Erst der Tod, dieser unerwartete schmähliche Tod, erst das Kreuz,, das im Allgemeinen bloß für die Canaille aufgespart blieb, – erst diese schauerlichste Paradoxie brachte die Jünger vor das eigentliche Räthsel: “wer war das? was war das?“– Das erschütterte und im Tiefsten beleidigte Gefühl, der Argwohn, es möchte ein solcher Tod die Widerlegung ihrer Sache sein, das schreckliche Fragezeichen „warum gerade so?“ – dieser Zustand begreift sich nur zu gut. Hier mußte Alles nothwendig sein, Sinn, Vernunft, höchste Vernunft haben, die Liebe eines Jüngers kennt keinen Zufall. Erst jetzt trat die Kluft auseinander: „ wer hat ihn getödtet? wer war sein natürlicher Feind?“– diese Frage sprang wie ein

Blitz hervor. Antwort: das herrschende Judentum, sein oberster Stand. Man empfand sich von diesem Augenblick im Aufruhr gegen die Ordnung, man verstand hinterdrein Jesus als im Aufruhr gegen die Ordnung. Bis dahin fehlte dieser kriegerische, dieser Nein-sagende, Nein-thuende Zug in seinem Bilde; mehr noch, er war dessen Widerspruch. Offenbar hat die kleine Gemeinde gerade die Hauptsache nicht verstanden, das Vorbildliche in dieser Art zu sterben, die Freiheit, die Überlegenheit über jedes Gefühl von ressentiment: – ein Zeichen dafür, wie wenig überhaupt sie von ihm verstand! An sich konnte Jesus mit seinem Tode nichts wollen, als öffentlich die stärkste Probe, den Beweis seiner Lehre zu geben ... Aber seine Jünger waren ferne davon, diesen Tod zu verzeihen, – was evangelisch im höchsten Sinne gewesen wäre; oder gar sich zu einem gleichen Tode in sanfter und lieblicher Ruhe des Herzens anzubieten... Gerade das am meisten unevangelische Gefühl, die Rache, kam wieder obenauf. Unmöglich konnte die Sache mit diesem Tode zu Ende sein: man brauchte „Vergeltung", „Gericht" (– und doch, was kann noch unevangelischer sein, als „Vergeltung", „Strafe", „Gericht-Halten"!). Noch einmal kam die populäre Erwartung eines Messias in den Vordergrund; ein historischer Augenblick wurde in's Auge gefaßt: das „Reich Gottes" kommt zum Gericht über seine Feinde... Aber damit ist Alles mißverstanden: das „Reich Gottes" als Schlußakt, als Verheißung! Das Evangelium war doch gerade das Dasein, das Erfülltsein, die Wirklichkeit dieses „Reichs" gewesen. Gerade ein solcher Tod war eben dieses „Reich Gottes“. Jetzt erst trug man die ganze Verachtung und Bitterkeit gegen Pharisäer und Theologen in den Typus des Meisters ein, – man machte damit aus ihm einen Pharisäer und Theologen! Andrerseits hielt die wildgewordne Verehrung dieser ganz aus den Fugen gerathenen Seelen jene evangelische Gleichberechtigung von Jedermann zum Kind Gottes, die Jesus gelehrt hatte, nicht mehr aus; ihre Rache war, auf eine ausschweifende Weise Jesus emporzuheben, von sich abzulösen: ganz so, wie ehedem die Juden aus Rache an ihren Feinden ihren Gott von sich losgetrennt und in die Höhe gehoben haben. Der Eine Gott und der Eine Sohn Gottes: Beides Erzeugnisse des ressentiment …

41.

– Und von nun an tauchte ein absurdes Problem auf: „wie konnte Gott das zulassen!“ Darauf fand die gestörte Vernunft der kleinen Gemeinschaft eine geradezu schrecklich absurde Antwort: Gott gab seinen Sohn zur Vergebung der Sünden, als Opfer. Wie war es mit Einem Male zu Ende mit dem Evangelium! Das Schuldopfer, und zwar in seiner widerlichsten, barbarischsten Form, das Opfer des Unschuldigen für die Sünden der Schuldigen! Welches schauderhafte Heidenthum! – Jesus hatte ja den Begriff „Schuld“ selbst abgeschafft, – er hat jede Kluft zwischen Gott und Mensch geleugnet, er lebte diese Einheit von Gott und Mensch als seine “frohe Botschaft“ … Und nicht als Vorrecht! – Von nun an tritt schrittweise in den Typus des Erlösers hinein: die Lehre vom Gericht und von der Wiederkunft, die Lehre vom Tod als einem Opfertode, die Lehre von der Auferstehung, mit der der ganze Begriff „Seligkeit", die ganze und einzige Realität des Evangeliums, eskamotirt ist – zu Gunsten eines Zustandes nach dem Tode! ... Paulus hat diese Auffassung, diese Unzucht von Auffassung mit jener rabbinerhaften Frechheit, die ihn in allen Stücken auszeichnet, dahin logisirt: „ wenn Christus nicht auferstanden ist von den Todten, so ist unser Glaube eitel". – Und mit Einem Male wurde aus dem Evangelium die verächtlichste aller unerfüllbaren Versprechungen, die unverschämte Lehre von der Personal-Unsterblichkeit ... Paulus selbst lehrte sie noch als Lohn! ...

42.

Man sieht, was mit dem Tode am Kreuz zu Ende war: ein neuer, ein durchaus ursprünglicher Ansatz zu einer buddhistischen Friedensbewegung, zu einem thatsächlichen, nicht bloß verheißenen Glück auf Erden. Denn dies bleibt – ich hob es schon hervor – der Grundunterschied zwischen den beiden décadence-Religionen: der Buddhismus verspricht nicht, sondern hält, das Christentum verspricht Alles, aber hält Nichts. – Der „frohen Botschaft" folgte auf dem Fuß die allerschlimmste: die des Paulus. In Paulus verkörpert sich der

Gegensatz-Typus zum „frohen Botschafter", das Genie im Haß, in der Vision des Hasses, in der unerbittlichen Logik des Hasses. Was hat dieser Dysangelist Alles dem Hasse zum Opfer gebracht! Vor Allem den Erlöser: er schlug ihn an sein Kreuz. Das Leben, das Beispiel, die Lehre, der Tod, der Sinn und das Recht des ganzen Evangeliums – Nichts war mehr vorhanden, als dieser Falschmünzer aus Haß begriff, was allein er brauchen konnte. Nicht die Realität, nicht die historische Wahrheit! ... Und noch einmal verübte der Priester-Instinkt des Juden das gleiche große Verbrechen an der Historie, – er strich das Gestern, das Vorgestern des Christentums einfach durch, er erfand sich eine Geschichte des ersten Christentums. Mehr noch: er fälschte die Geschichte Israels nochmals um, um als Vorgeschichte für seine That zu erscheinen: alle Propheten haben von seinem "Erlöser" geredet ... Die Kirche fälschte später sogar die Geschichte der Menschheit zur Vorgeschichte des Christenthums... Der Typus des Erlösers, die Lehre, die Praktik, der Tod, der Sinn des Todes, selbst das Nachher des Todes – Nichts blieb unangetastet, Nichts blieb auch nur ähnlich der Wirklichkeit. Paulus verlegte einfach das Schwergewicht jenes ganzen Daseins hinter dies Dasein, – in die Lüge vom „wiederauferstandenen" Jesus. Er konnte im Grunde das Leben des Erlösers überhaupt nicht brauchen, – er hatte den Tod am Kreuz nöthig und etwas mehr noch... Einen Paulus, der seine Heimath an dem Hauptsitz der stoischen Aufklärung hatte, für ehrlich halten, wenn er sich aus einer Hallucination den Beweis vom Noch-Leben des Erlösers zurecht macht, oder auch nur seiner Erzählung, daß er diese Hallucination gehabt hat, Glauben schenken, wäre eine wahre niaiserie seitens eines Psychologen: Paulus wollte den Zweck, folglich wollte er auch die Mittel... Was er selbst nicht glaubte, die Idioten, unter die er seine Lehre warf, glaubten es. – Sein Bedürfniß war die Macht; mit Paulus wollte nochmals der Priester zur Macht, – er konnte nur Begriffe, Lehren, Symbole brauchen, mit denen man Massen tyrannisirt, Heerden bildet. Was allein entlehnte später Muhammed dem Christentum? Die Erfindung des Paulus, sein Mittel zur Priester-Tyrannei, zur Heerden-Bildung: den Unsterblichkeits-Glauben – das heißt die Lehre vom „Gericht“...

43.

Wenn man das Schwergewicht des Lebens nicht in's Leben, sondern in's „Jenseits“ verlegt – in's Nichts –, so hat man dem Leben überhaupt das Schwergewicht genommen. Die große Lüge von der Personal-Unsterblichkeit zerstört jede Vernunft, jede Natur im Instinkte, – Alles, was wohlthätig, was lebenfördernd, was zukunftverbürgend in den Instinkten ist, erregt nunmehr Mißtrauen. So zu leben, daß es keinen Sinn mehr hat, zu leben, das wird jetzt zum „Sinn“ des Lebens... Wozu Gemeinsinn, wozu Dankbarkeit noch für Herkunft und Vorfahren, wozu mitarbeiten, zutrauen, irgend ein Gesammtwohl fördern und im

Auge haben?... Ebensoviele „Versuchungen", ebensoviele Ablenkungen vom „rechten Weg" – "Eins ist noth"... Daß Jeder als „unsterbliche Seele" mit Jedem gleichen Rang hat, daß in der Gesammtheit aller Wesen das „Heil" jedes Einzelnen eine ewige Wichtigkeit in Anspruch nehmen darf, daß kleine Mucker und Dreiviertels-Verrückte sich einbilden dürfen, daß um ihretwillen die Gesetze der Natur beständig durchbrochen werden, – eine solche Steigerung jeder Art Selbstsucht in's Unendliche, in's Unverschämte kann man nicht mit genug Verachtung brandmarken. Und doch verdankt das Christentum dieser erbarmungswürdigen Schmeichelei vor der Personal-Eitelkeit seinen Sieg, – gerade alles Mißrathene, Aufständisch-Gesinnte, Schlecht-weg-gekommne, den ganzen Auswurf und Abhub der Menschheit hat es damit zu sich überredet. Das „Heil der Seele" – auf deutsch: „die Welt dreht sich um mich"... Das Gift der Lehre "gleiche Rechte für Alle" – das Christentum hat es am grundsätzlichsten ausgesät; das Christenthum hat jedem Ehrfurchts- und Distanz-Gefühl zwischen Mensch und Mensch, das heißt der Voraussetzung zu jeder Erhöhung, zu jedem Wachsthum der Cultur einen Todkrieg aus den heimlichsten Winkeln schlechter Instinkte gemacht, – es hat aus dem ressentiment der Massen sich seine Hauptwaffe geschmiedet gegen uns, gegen alles Vornehme, Frohe, Hochherzige auf Erden, gegen unser Glück auf Erden ... Die „Unsterblichkeit" jedem Petrus und Paulus zugestanden, war bisher das größte, das bösartigste Attentat auf die vornehme Menschlichkeit,

– Und unterschätzen wir das Verhängniß nicht, das vom Christenthum aus sich bis in die Politik eingeschlichen hat! Niemand hat heute mehr den Muth zu Sonderrechten, zu Herrschaftsrechten, zu einem Ehrfurchtsgefühl vor sich und seines Gleichen, – zu einem Pathos der Distanz ... Unsre Politik ist krank an diesem Mangel an Muth! – Der Aristokratismus der Gesinnung wurde durch die Seelen-Gleichheits-Lüge am unterirdischsten untergraben; und wenn der Glaube an das „Vorrecht der Meisten" Revolutionen macht und machen wird, – das Christenthum ist es, man zweifle nicht daran, christliche Werthurtheile sind es, welche jede Revolution bloß in Blut und Verbrechen übersetzt! Das Christenthum ist ein Aufstand alles Am-Boden-Kriechenden gegen Das, was Höhe hat: das Evangelium der „Niedrigen" macht niedrig...

44.

– Die Evangelien sind unschätzbar als Zeugniß für die bereits unaufhaltsame Corruption innerhalb der ersten Gemeinde. Was Paulus später mit dem Logiker-Cynismus eines Rabbiners zu Ende führte, war trotzdem bloß der Verfalls-Proceß, der mit dem Tode des Erlösers begann. – Diese Evangelien kann man nicht behutsam genug lesen; sie haben ihre Schwierigkeiten hinter jedem Wort. Ich bekenne, man wird es mir zu Gute halten, daß sie ebendamit für einen Psychologen ein Vergnügen ersten Ranges sind, – als Gegensatz aller naiven Verderbniß, als das Raffinement par excellence, als Künstlerschaft in der psychologischen Verderbniß. Die Evangelien stehn für sich. Die Bibel überhaupt verträgt keinen Vergleich. Man ist unter Juden: erster Gesichtspunkt, um hier nicht völlig den Faden zu verlieren. Die hier geradezu Genie werdende Selbstverstellung in's „Heilige“, unter Büchern und Menschen nie annähernd sonst erreicht, diese Wort- und Gebärden-Falschmünzerei als Kunst ist nicht der Zufall irgend welcher Einzel-Begabung, irgend welcher Ausnahme-Natur. Hierzu gehört Rasse. Im Christenthum, als der Kunst, heilig zu lügen, kommt das ganze Judenthum, eine mehrhundertjährige jüdische allerernsthafteste Vorübung und Technik zur letzten Meisterschaft. Der Christ, diese ultima ratio der Lüge, ist der Jude noch einmal – drei Mal selbst... Der grundsätzliche Wille, nur Begriffe, Symbole, Attitüden anzuwenden, welche aus der Praxis des Priesters bewiesen sind, die Instinkt-Ablehnung jeder andren Praxis, jeder andren Art Werth- und Nützlichkeits-Perspektive – das ist nicht nur Tradition, das ist Erbschaft: nur als Erbschaft wirkt es wie Natur. Die ganze Menschheit, die besten Köpfe der besten Zeiten sogar (Einen ausgenommen, der vielleicht bloß ein Unmensch ist –) haben sich täuschen lassen. Man hat das Evangelium als Buch der Unschuld gelesen... kein kleiner Fingerzeig dafür, mit welcher Meisterschaft hier geschauspielert worden ist. – Freilich: bekämen wir sie zu sehen, auch nur im Vorübergehn, alle diese wunderlichen Mucker und Kunst-Heiligen, so wäre es am Ende, – und genau deshalb, weil ich keine Worte lese, ohne Gebärden zu sehn, mache ich mit ihnen ein Ende... Ich halte eine gewisse Art, die Augen aufzuschlagen, an ihnen nicht aus. – Zum Glück sind Bücher für die Allermeisten bloß Litteratur – – Man muß sich nicht irreführen lassen: „richtet nicht!“ sagen sie, aber sie schicken Alles in die Hölle, was ihnen im Wege steht. Indem sie Gott richten lassen, richten sie selber; indem sie Gott verherrlichen, verherrlichen sie sich selber; indem sie die Tugenden fordern, deren sie gerade fähig sind – mehr noch, die sie nöthig haben, um überhaupt oben zu bleiben –, geben sie sich den großen Anschein eines Ringens um die Tugend, eines Kampfes um die Herrschaft der Tugend. „Wir leben, wir sterben, wir opfern uns für das Gute“ (– „die Wahrheit“, „das Licht“, das „Reich Gottes“): in Wahrheit thun sie, was sie nicht lassen können. Indem sie nach Art von Duckmäusern sich durchdrücken, im Winkel sitzen, im Schatten schattenhaft dahinleben, machen sie sich eine Pflicht daraus: als Pflicht erscheint ihr Leben der Demuth, als Demuth ist es ein Beweis mehr für Frömmigkeit ... Ah diese demüthige, keusche, barmherzige Art von Verlogenheit! „Für uns soll die Tugend selbst Zeugniß ablegen“ ... Man lese die Evangelien als Bücher der Verführung mit Moral: die Moral wird von diesen kleinen Leuten mit Beschlag belegt, – sie wissen, was es auf sich hat mit der Moral! Die Menschheit wird am besten genasführt mit der Moral! – Die Realität ist, daß hier der bewußteste Auserwählten-Dünkel die Bescheidenheit spielt: man hat sich, die „Gemeinde“, die „Guten und Gerechten“ ein für alle Mal auf die Eine Seite gestellt, auf die „der Wahrheit" – und den Rest, „die Welt", auf die andre... Das war die verhängnißvollste Art Größenwahn, die bisher auf Erden dagewesen ist: kleine Mißgeburten von Muckern und Lügnern fiengen an, die Begriffe „Gott", „Wahrheit", „Licht", „Geist", „Liebe", „Weisheit", „Leben" für sich in Anspruch zu nehmen, gleichsam als Synonyma von sich, um damit die „Welt" gegen sich abzugrenzen, kleine Superlativ-Juden, reif für jede Art Irrenhaus, drehten die Weiche überhaupt nach sich um, wie als ob erst „der Christ" der Sinn, das Salz, das Maaß, auch das letzte Gericht vom ganzen Rest wäre ... Das ganze Verhängniß wurde dadurch allein ermöglicht, daß schon eine verwandte, rassenverwandte Art von Größenwahn in der Welt war, der jüdische: sobald einmal die Kluft zwischen Juden und Judenchristen sich aufriß, blieb letzteren gar keine Wahl, als dieselben Proceduren der Selbsterhaltung, die der jüdische Instinkt anrieth, gegen die Juden selber anzuwenden, während die Juden sie bisher bloß gegen alles Nicht-Jüdische angewendet hatten. Der Christ ist nur ein Jude „ freieren" Bekenntnisses. –

45.

– Ich gebe ein paar Proben von Dem, was sich diese kleinen Leute in den Kopf gesetzt, was sie ihrem Meister in den Mund gelegt haben: lauter Bekenntnisse „schöner Seelen". –

„Und welche euch nicht aufnehmen noch hören, da gehet von dannen hinaus und schüttelt den Staub ab von euren Füßen, zu einem Zeugniß über sie. Ich sage euch: Wahrlich, es wird Sodom und Gomorrha am jüngsten Gericht erträglicher ergehn, denn solcher Stadt“ (Marcus 6, 11). – Wie evangelisch! ...

„Und wer der Kleinen Einen ärgert, die an mich glauben, dem wäre es besser, daß ihm ein Mühlstein an seinen Hals gehängt würde und er in das Meer geworfen würde“ (Marcus 9, 42).– Wie evangelisch!...

„Ärgert dich dein Auge, so wirf es von dir. Es ist dir besser, daß du einäugig in das Reich Gottes gehest, denn daß du zwei Augen habest und werdest in das höllische Feuer geworfen; da ihr Wurm nicht stirbt und ihr Feuer nicht erlischt“ (Marcus 9, 47). – Es ist nicht gerade das Auge gemeint...

„Wahrlich, ich sage euch, es stehen Etliche hier, die werden den Tod nicht schmecken, bis daß sie sehen das Reich Gottes mit Kraft kommen“ (Marcus 9,1). – Gut gelogen, Löwe...

„Wer mir will nachfolgen, der verleugne sich selbst und nehme sein Kreuz auf sich und folge mir nach. Denn ...“ (Anmerkung eines Psychologen. Die christliche Moral wird durch ihre Denn's widerlegt: ihre „Gründe“ widerlegen, – so ist es christlich.) Marcus 8, 34. –

„Richtet nicht, auf daß ihr nicht gerichtet werdet. Mit welcherlei Maaß ihr messet, wird euch gemessen werden“ (Matthäus 7,1). – Welcher Begriff von Gerechtigkeit, von einem „gerechten“ Richter!...

„Denn so ihr liebet, die euch lieben, was werdet ihr für Lohn haben? Thun nicht dasselbe auch die Zöllner? Und so ihr nur zu euren Brüdern freundlich thut, was thut ihr Sonderliches? Thun nicht die Zöllner auch also?“ (Matthäus 5, 46.) – Princip der „christlichen Liebe“: sie will zuletzt gut bezahlt sein...

„Wo ihr aber den Menschen ihre Fehler nicht vergebet, so wird euch euer Vater eure Fehler auch nicht vergeben“ (Matthäus 6, 15). – Sehr compromittirend für den genannten „Vater“...

„Trachtet am ersten nach dem Reiche Gottes und nach seiner Gerechtigkeit, so wird euch solches Alles zufallen“ (Matthäus 6, 33). – Solches Alles: nämlich Nahrung, Kleidung, die ganze Nothdurft des Lebens. Ein Irrthum, bescheiden ausgedrückt... Kurz vorher erscheint Gott als Schneider, wenigstens in gewissen Fällen...

„Freuet euch alsdann und hüpfet: denn siehe, euer Lohn ist groß im Himmel. Desgleichen thaten ihre Väter den Propheten auch“ (Lucas 6,23), – Unverschämtes Gesindel! Es vergleicht sich bereits mit den Propheten ...

„Wisset ihr nicht, daß ihr Gottes Tempel seid und der Geist Gottes in euch wohnet? So Jemand den Tempel Gottes verderbet, den wird Gott verderben: denn der Tempel Gottes ist heilig, der seid ihr" (Paulus 1. Korinther 3,16). – Dergleichen kann man nicht genug verachten ...

„Wisset ihr nicht, daß die Heiligen die Welt richten werden? So denn nun die Welt soll von euch gerichtet werden: seid ihr denn nicht gut genug, geringere Sachen zu richten?" (Paulus 1. Korinther 6,2.) – Leider nicht bloß die Rede eines Irrenhäuslers ... Dieser fürchterliche Betrüger fährt wörtlich fort: „Wisset ihr nicht, daß wir über die Engel richten werden? Wie viel mehr über die zeitlichen Güter!" ...

„Hat nicht Gott die Weisheit dieser Welt zur Thorheit gemacht? Denn dieweil die Welt durch ihre Weisheit Gott in seiner Weisheit nicht erkannte, gefiel es Gott wohl, durch thörichte Predigt selig zu machen Die, so daran glauben ...; nicht viel Weise nach dem Fleisch, nicht viel Gewaltige, nicht viel Edle sind berufen. Sondern was thöricht ist vor der Welt, das hat Gott erwählet, daß er die Weisen zu Schanden mache; und was schwach ist vor der Welt, das hat Gott erwählet, daß er zu Schanden mache, was stark ist; und das Unedle vor der Welt und das Verachtete hat Gott erwählet, und das da Nichts ist, daß er zu Nichte mache, was Etwas ist. Auf daß sich vor ihm kein Fleisch rühme" (Paulus 1. Korinther 1,20 ff.). – Um diese Stelle, ein Zeugniß allerersten Ranges für die Psychologie jeder Tschandala-Moral, zu verstehn, lese man die erste Abhandlung meiner Genealogie der Moral: in ihr wurde zum ersten Mal der Gegensatz einer vornehmen und einer aus ressentiment und ohnmächtiger Rache gebornen Tschandala-Moral an's Licht gestellt. Paulus war der größte aller Apostel der Rache ...

46.

– Was folgt daraus? Daß man gut thut, Handschuhe anzuziehn, wenn man das neue Testament liest. Die Nähe von so viel Unreinlichkeit zwingt beinahe dazu. Wir würden uns „erste Christen" so wenig wie polnische Juden zum Umgang wählen: nicht daß man gegen sie auch nur einen Einwand nöthig hätte ... Sie riechen beide nicht gut. – Ich habe vergebens im neuen Testamente auch nur nach Einem sympathischen Zuge ausgespäht; Nichts ist darin, was frei, gütig, offenherzig, rechtschaffen wäre. Die Menschlichkeit hat hier noch nicht ihren ersten Anfang gemacht, – die Instinkte der Reinlichkeit fehlen ... Es giebt nur schlechte Instinkte im neuen Testament, es giebt keinen Muth selbst zu diesen schlechten Instinkten. Alles ist Feigheit, Alles ist Augenschließen und Selbstbetrug darin. Jedes Buch wird reinlich, wenn man eben das neue Testament gelesen hat: ich las, um ein Beispiel zu geben, mit Entzücken unmittelbar nach Paulus jenen anmuthigsten, übermüthigsten Spötter Petronius, von dem man sagen könnte, was Domenico Boccaccio über Cesare Borgia an den Herzog von Parma schrieb: „ è tutto festo“ – unsterblich gesund, unsterblich heiter und wohlgerathen ... Diese kleinen Mucker verrechnen sich nämlich in der Hauptsache. Sie greifen an, aber Alles, was von ihnen angegriffen wird, ist damit ausgezeichnet. Wen ein „erster Christ“ angreift, den besudelt er nicht ... Umgekehrt: es ist eine Ehre, „erste Christen“ gegen sich zu haben. Man liest das neue Testament nicht ohne eine Vorliebe für Das, was darin mißhandelt wird, – nicht zu reden von der „Weisheit dieser Welt“, welche ein frecher Windmacher „durch thörichte Predigt“ umsonst zu Schanden zu machen sucht ... Aber selbst die Pharisäer und Schriftgelehrten haben ihren Vortheil von einer solchen Gegnerschaft: sie müssen schon etwas werth gewesen sein, um auf eine so unanständige Weise gehaßt zu werden. Heuchelei – das wäre ein Vorwurf, den „erste Christen“ machen dürften! – Zuletzt waren es die Privilegirten: dies genügt, der Tschandala-Haß braucht keine Gründe mehr. Der „erste Christ“ – ich fürchte, auch der „letzte Christ“, den ich vielleicht noch erleben werde – ist Rebell gegen alles Privilegirte aus unterstem Instinkte, – er lebt, er kämpft immer für „ gleiche Rechte“ ... Genauer zugesehn, hat er keine Wahl. Will man, für seine Person, ein „Auserwählter Gottes“ sein– oder ein „Tempel Gottes“, oder ein „Richter der Engel“ –, so ist jedes andre Princip der Auswahl, zum Beispiel nach Rechtschaffenheit, nach Geist, nach Männlichkeit und Stolz, nach Schönheit und Freiheit des Herzens, einfach „Welt“, – das Böse an sich ... Moral: jedes Wort im Munde eines „ersten Christen“ ist eine Lüge, jede Handlung, die er thut, eine Instinkt-Falschheit, – alle seine Werthe, alle seine Ziele sind schädlich, aber wen er haßt, was er haßt, das hat Werth ... Der Christ, der Priester–Christ in Sonderheit, ist ein Kriterium für Werthe – – Habe ich noch zu sagen, daß im ganzen neuen Testament bloß eine einzige Figur vorkommt, die man ehren muß? Pilatus, der römische Statthalter. Einen Judenhandel ernst zu nehmen – dazu überredet er sich nicht. Ein Jude mehr oder weniger – was liegt daran? ... Der vornehme Hohn eines Römers, vor dem ein unverschämter Mißbrauch mit dem Wort „Wahrheit" getrieben wird, hat das neue Testament mit dem einzigen Wort bereichert, das Werth hat, – das seine Kritik, seine Vernichtung selbst ist: „was ist Wahrheit!" ...

47.

– Das ist es nicht, was uns abscheidet, daß wir keinen Gott wiederfinden, weder in der Geschichte, noch in der Natur, noch hinter der Natur, – sondern daß wir, was als Gott verehrt wurde, nicht als „göttlich", sondern als erbarmungswürdig, als absurd, als schädlich empfinden, nicht nur als Irrthum, sondern als Verbrechen am Leben ... Wir leugnen Gott als Gott... Wenn man uns diesen Gott der Christen bewiese, wir würden ihn noch weniger zu glauben wissen. – In Formel: deus, qualem Paulus creavit, dei negatio. – Eine Religion, wie das Christenthum, die sich an keinem Punkte mit der Wirklichkeit berührt, die sofort dahinfällt, sobald die Wirklichkeit auch nur an Einem Punkte zu Rechte kommt, muß billigerweise der „Weisheit der Welt", will sagen der Wissenschaft, todfeind sein, – sie wird alle Mittel gut heißen, mit denen die Zucht des Geistes, die Lauterkeit und Strenge in Gewissenssachen des Geistes, die vornehme Kühle und Freiheit des Geistes vergiftet, verleumdet, verrufen gemacht werden kann. Der „Glaube" als Imperativ ist das Veto gegen die Wissenschaft, – in praxi die Lüge um jeden Preis ... Paulus begriff, daß die Lüge – daß "der Glaube" noth that; die Kirche begriff später wieder Paulus. – Jener „Gott", den Paulus sich erfand, ein Gott, der „die Weisheit der Welt" (im engern Sinn die beiden großen Gegnerinnen alles Aberglaubens, Philologie und Medicin) „zu Schanden macht", ist in Wahrheit nur der resolute Entschluß des Paulus selbst dazu: „Gott" seinen eignen Willen zu nennen, thora, das ist urjüdisch. Paulus will "die Weisheit der Welt" zu Schanden machen: seine Feinde sind die guten Philologen und Ärzte alexandrinischer Schulung –, ihnen macht er den Krieg. In der That, man ist nicht Philolog und Arzt, ohne nicht zugleich auch Antichrist zu sein. Als Philolog schaut man nämlich hinter die „heiligen Bücher", als Arzt hinter die physiologische Verkommenheit des typischen Christen. Der Arzt sagt „unheilbar", der Philolog „Schwindel" ...

48.

– Hat man eigentlich die berühmte Geschichte verstanden, die am Anfang der Bibel steht, – von der Höllenangst Gottes vor der Wissenschaft? … Man hat sie nicht verstanden. Dies Priesterbuch par excellence beginnt, wie billig, mit der großen inneren Schwierigkeit des Priesters: er hat nur Eine große Gefahr, folglich hat „Gott“ nur Eine große Gefahr. –

Der alte Gott, ganz „Geist“, ganz Hoherpriester, ganz Vollkommenheit, lustwandelt in seinen Gärten: nur daß er sich langweilt. Gegen die Langeweile kämpfen Götter selbst vergebens. Was thut er? Er erfindet den Menschen, – der Mensch ist unterhaltend … Aber siehe da, auch der Mensch langweilt sich. Das Erbarmen Gottes mit der einzigen Noth, die alle Paradiese an sich haben, kennt keine Grenzen: er schuf alsbald noch andre Thiere. Erster Fehlgriff Gottes: der Mensch fand die Thiere nicht unterhaltend, – er herrschte über sie, er wollte nicht einmal „Thier“ sein. – Folglich schuf Gott das Weib. Und in der That, mit der Langenweile hatte es nun ein Ende, – aber auch mit Anderem noch! Das Weib war der zweite Fehlgriff Gottes. – „Das Weib ist seinem Wesen nach Schlange, Heva“ – das weiß jeder Priester; „vom Weib kommt jedes Unheil in der Welt“ – das weiß ebenfalls jeder Priester. „ Folglich kommt von ihm auch die Wissenschaft“ … Erst durch das Weib lernte der Mensch vom Baume der Erkenntniß kosten. – Was war geschehn? Den alten Gott ergriff eine Höllenangst. Der Mensch selbst war sein größter Fehlgriff geworden, er hatte sich einen Rivalen geschaffen, die Wissenschaft macht gottgleich, – es ist mit Priestern und Göttern zu Ende, wenn der Mensch wissenschaftlich wird! – Moral: die Wissenschaft ist das Verbotene an sich, – sie allein ist verboten. Die Wissenschaft ist die erste Sünde, der Keim aller Sünde, die Erbsünde. Dies allein ist Moral. – „Du sollst nicht erkennen“: – der Rest folgt daraus. – Die Höllenangst Gottes verhinderte ihn nicht, klug zu sein. Wie wehrt man sich gegen die Wissenschaft? das wurde für lange sein Hauptproblem. Antwort: fort mit dem Menschen aus dem Paradiese! Das Glück, der Müßiggang bringt auf Gedanken, – alle Gedanken sind schlechte Gedanken... Der Mensch soll nicht denken. – Und der „Priester an sich“ erfindet die Noth, den Tod, die Lebensgefahr der Schwangerschaft, jede Art von Elend, Alter, Mühsal, die Krankheit vor Allem, – lauter Mittel im Kampfe mit der Wissenschaft! Die Noth erlaubt dem Menschen nicht, zu denken ... Und trotzdem! entsetzlich! Das Werk der Erkenntniß thürmt sich auf, himmelstürmend, götterandämmernd, – was thun! – Der alte Gott erfindet den Krieg, er trennt die Völker, er macht, daß die Menschen sich gegenseitig vernichten (– die Priester haben immer den Krieg nöthig gehabt...). Der Krieg – unter Anderem ein großer Störenfried der Wissenschaft! – Unglaublich! Die Erkenntniß, die Emancipation vom Priester, nimmt selbst trotz Kriegen zu. – Und ein letzter Entschluß kommt dem alten Gotte: „der Mensch ward wissenschaftlich, – es hilft Nichts, man muß ihn ersäufen!“ ...

48.

– Man hat mich verstanden. Der Anfang der Bibel enthalt die ganze Psychologie des Priesters. – Der Priester kennt nur Eine große Gefahr: das ist die Wissenschaft, – der gesunde Begriff von Ursache und Wirkung. Aber die Wissenschaft gedeiht im Ganzen nur unter glücklichen Verhältnissen, – man muß Zeit, man muß Geist überflüssig haben, um zu „erkennen" ... „ Folglich muß man den Menschen unglücklich machen", – dies war zu jeder Zeit die Logik des Priesters. – Man erräth bereits, was, dieser Logik gemäß, damit erst in die Welt gekommen ist: – die „ Sünde"... Der Schuld- und Strafbegriff, die ganze „sittliche Weltordnung" ist erfunden gegen die Wissenschaft, – gegen die Ablösung des Menschen vom Priester ... Der Mensch soll nicht hinaus", er soll in sich hineinsehn; er soll nicht klug und vorsichtig, als Lernender, in die Dinge sehn, er soll überhaupt gar nicht sehn: er soll leiden ... Und er soll so leiden, daß er jederzeit den Priester nöthig hat. – Weg mit den Ärzten! Man hat einen Heiland nöthig. – Der Schuld" und Straf-Begriff, eingerechnet die Lehre von der „Gnade", von der „Erlösung", von der „Vergebung" – Lügen durch und durch und ohne jede psychologische Realität – sind erfunden, um den Ursachen-Sinn des Menschen zu zerstören: sie sind das Attentat gegen den Begriff Ursache und Wirkung! – Und nicht ein Attentat mit der Faust, mit dem Messer, mit der Ehrlichkeit in Haß und

Liebe! Sondern aus den feigsten, listigsten, niedrigsten Instinkten heraus! Ein Priester-Attentat! Ein Parasiten-Attentat! Ein Vampyrismus bleicher unterirdischer Blutsauger! ... Wenn die natürlichen Folgen einer That nicht mehr „natürlich“ sind, sondern durch Begriffs- Gespenster des Aberglaubens, durch „Gott“, durch „Geister“, durch „Seelen“ bewirkt gedacht werden, als bloß „moralische“ Consequenzen, als Lohn, Strafe, Wink, Erziehungsmittel, so ist die Voraussetzung zur Erkenntnis; zerstört, – so hat man das größte Verbrechen an der Menschheit begangen. – Die Sünde, nochmals gesagt, diese Selbstschändungs-Form des Menschen par excellence, ist erfunden, um Wissenschaft, um Cultur, um jede Erhöhung und Vornehmheit des Menschen unmöglich zu machen; der Priester herrscht durch die Erfindung der Sünde. –

50.

– Ich erlasse mir an dieser Stelle eine Psychologie des „Glaubens“, der „Gläubigen“ nicht, zum Nutzen, wie billig, gerade der „Gläubigen“. Wenn es heute noch an Solchen nicht fehlt, die es nicht wissen, inwiefern es unanständig ist, „gläubig“ zu sein – oder ein Abzeichen von décadence, von gebrochnem Willen zum Leben –, morgen schon werden sie es wissen. Meine Stimme erreicht auch die Harthörigen, – Es scheint, wenn anders ich mich nicht verhört habe, daß es unter Christen eine Art Kriterium der Wahrheit giebt, das man den „Beweis der Kraft“ nennt. „Der Glaube macht selig: also ist er wahr.“ – Man dürfte hier zunächst einwenden, daß gerade das Seligmachen nicht bewiesen, sondern nur versprochen ist: die Seligkeit an die Bedingung des „Glaubens“ geknüpft, – man soll selig werden, weil man glaubt … Aber daß thatsächlich eintritt, was der Priester dem Gläubigen für das jeder Controle unzugängliche „Jenseits“ verspricht, womit bewiese sich das? – Der angebliche „Beweis der Kraft“ ist also im Grunde wieder nur ein Glaube daran, daß die Wirkung nicht ausbleibt, welche man sich vom Glauben verspricht. In Formel: „ich glaube, daß der Glaube selig macht; – folglich ist er wahr.“ – Aber damit sind wir schon am Ende. Dies „folglich“ wäre das absurdum selbst als Kriterium der Wahrheit. – Setzen wir aber, mit einiger Nachgiebigkeit, daß das Seligmachen durch den Glauben bewiesen sei (– nicht nur gewünscht, nicht nur durch den etwas verdächtigen Mund eines Priesters versprochen): wäre Seligkeit – technischer geredet, Lust – jemals ein Beweis der Wahrheit? So wenig, daß es beinahe den Gegenbeweis, jedenfalls den höchsten Argwohn gegen „Wahrheit“ abgiebt, wenn Lustempfindungen über die Frage „was ist wahr?“ mitreden. Der Beweis der „Lust“ ist ein Beweis für “Lust“, – nichts mehr; woher um Alles in der Welt stünde es fest, daß gerade wahre Urtheile mehr Vergnügen machten als falsche und, gemäß einer prästabilirten Harmonie, angenehme Gefühle mit Notwendigkeit hinter sich drein zögen? – Die Erfahrung aller strengen, aller tief gearteten Geister lehrt das Umgekehrte. Man hat jeden Schritt breit Wahrheit sich abringen müssen, man hat fast Alles dagegen preisgeben müssen, woran sonst da? Herz, woran unsre Liebe, unser Vertrauen zum Leben hängt. Es bedarf Größe der Seele dazu: der Dienst der Wahrheit ist der härteste Dienst. – Was heißt denn rechtschaffen sein in geistigen Dingen? Daß man streng gegen sein Herz ist, daß man die „schönen Gefühle“ verachtet, daß man sich aus jedem Ja und Nein ein Gewissen macht! – – – Der Glaube macht selig: folglich lügt er …

51.

Daß der Glaube unter Umständen selig macht, daß Seligkeit aus einer fixen Idee noch nicht eine wahre Idee macht, daß der Glaube keine Berge versetzt, wohl aber Berge hinsetzt, wo es keine giebt: ein flüchtiger Gang durch ein Irrenhaus klärt zur Genüge darüber auf. Nicht freilich einen Priester: denn der leugnet aus Instinkt, daß Krankheit Krankheit, daß Irrenhaus Irrenhaus ist. Das Christenthum hat die Krankheit nöthig, ungefähr wie das Griechenthum einen Überschuß von Gesundheit nöthig hat, – krank- machen ist die eigentliche Hinterabsicht des ganzen Heilsproceduren-Systems der Kirche. Und die Kirche selbst – ist sie nicht das katholische Irrenhaus als letztes Ideal? – Die Erde überhaupt als Irrenhaus? – Der religiöse Mensch, wie ihn die Kirche will, ist ein typischer décadent; der Zeitpunkt, wo eine religiöse Krisis über ein Volk Herr wird, ist jedesmal durch Nerven-Epidemien gekennzeichnet; die „innere Welt“ des religiösen Menschen sieht der „inneren Welt“ der

Überreizten und Erschöpften zum Verwechseln ähnlich; die „höchsten" Zustände, welche das Christenthum als Werth aller Werthe über der Menschheit aufgehängt hat, sind epileptoide Formen, – die Kirche hat nur Verrückte oder große Betrüger in majorem dei honorem heilig gesprochen… Ich habe mir einmal erlaubt, den ganzen christlichen Buß- und Erlösungs- training (den man heute am besten in England studirt) als eine methodisch erzeugte folie circulaire zu bezeichnen, wie billig, auf einem bereits dazu vorbereiteten, das heißt gründlich morbiden Boden. Es steht Niemandem frei, Christ zu werden: man wird zum Christenthum nicht „bekehrt", – man muß krank genug dazu sein … Wir Anderen, die wir den Muth zur Gesundheit und auch zur Verachtung haben, wie dürfen wir eine Religion verachten, die den Leib mißverstehen lehrte! die den Seelen–Aberglauben nicht loswerden will! die aus der unzureichenden Ernährung ein „Verdienst" macht! die in der Gesundheit eine Art Feind, Teufel, Versuchung bekämpft! die sich einredete, man könne eine „vollkommne Seele" in einem Cadaver von Leib herumtragen, und dazu nöthig hatte, einen neuen Begriff der „Vollkommenheit" sich zurecht zu machen, ein bleiches, krankhaftes, idiotisch-schwärmerisches Wesen, die sogenannte „Heiligkeit", – Heiligkeit, selbst bloß eine Symptomen-Reihe des verarmten, entnervten, unheilbar verdorbenen Leibes! … Die christliche Bewegung, als eine europäische Bewegung, ist von vornherein eine Gesammt-Bewegung der Ausschuß- und Abfalls-Elemente aller Art (– diese wollen mit dem Christenthum zur Macht). Sie drückt nicht den Niedergang einer Rasse aus, sie ist eine Aggregat-Bildung sich zusammendrängender und sich suchender décadence-Formen von Überall. Es ist nicht, wie man glaubt, die Korruption des Alterthums selbst, des vornehmen Alterthums, was das Christenthum ermöglichte: man kann dem gelehrten Idiotismus, der auch heute noch so Etwas aufrecht erhält, nicht hart genug widersprechen. In der Zeit, wo die kranken, verdorbenen Tschandala-Schichten im ganzen Imperium sich christianisirten, war gerade der Gegentypus, die Vornehmheit, in ihrer schönsten und reifsten Gestalt vorhanden. Die große Zahl wurde Herr; der Demokratismus der christlichen Instinkte siegte ... Das Christenthum war nicht „national", nicht rassebedingt, – es wendete sich an jede Art von Enterbten des Lebens, es hatte seine Verbündeten überall. Das Christenthum hat die Rancune der Kranken auf dem Grunde, den Instinkt gegen die Gesunden, gegen die Gesundheit gerichtet. Alles Wohlgerathene, Stolze, Übermüthige, die Schönheit vor Allem thut ihm in Ohren und Augen weh. Nochmals erinnre ich an das unschätzbare Wort des Paulus: „Was schwach ist vor der Welt, was thöricht ist vor der Welt, das Unedle und Verachtete vor der Welt hat Gott erwählet": das war die Formel, in hoc signo siegte die décadence. – Gott am Kreuze – versteht man immer noch die furchtbare Hintergedanklichkeit dieses Symbols nicht? – Alles was leidet, Alles was am Kreuze hängt, ist göttlich ... Wir Alle hängen am Kreuze, folglich sind wir göttlich ... Wir allein sind göttlich ... Das Christenthum war ein Sieg, eine vornehmere Gesinnung gieng an ihm zu Grunde,– das Christenthum war bisher das größte Unglück der Menschheit. – –

52.

Das Christenthum steht auch im Gegensatz zu aller geistigen Wohlgerathenheit, – es kann nur die kranke Vernunft als christliche Vernunft brauchen, es nimmt die Partei alles Idiotischen, es spricht den Fluch aus gegen den „Geist“, gegen die superbiades gesunden Geistes. Weil die Krankheit zum Wesen des Christenthums gehört, muß auch der typisch-christliche Zustand, „der Glaube“, eine Krankheitsform sein, müssen alle geraden, rechtschaffnen, wissenschaftlichen Wege zur Erkenntnis von der Kirche als verbotene Wege abgelehnt werden. Der Zweifel bereits ist eine Sünde ... Der vollkommne Mangel an psychologischer Reinlichkeit beim Priester – im Blick sich verrathend – ist eine Folgeerscheinung der décadence– man hat die hysterischen Frauenzimmer, andrerseits rhachitisch angelegte Kinder darauf hin zu beobachten, wie regelmäßig Falschheit aus Instinkt, Lust zu lügen, um zu lügen, Unfähigkeit zu geraden Blicken und Schritten der Ausdruck von décadence ist. „Glaube“ heißt Nicht-wissen- wollen, was wahr ist. Der Pietist, der Priester beiderlei Geschlechts, ist falsch, weil er krank ist: sein Instinkt verlangt, daß die Wahrheit an keinem Punkt zu Rechte kommt. „Was krank macht, ist gut;

was aus der Fülle, aus dem Überfluß, aus der Macht kommt, ist böse“: so empfindet der Gläubige. Die Unfreiheit zur Lüge – daran errathe ich jeden vorherbestimmten Theologen. – Ein andres Abzeichen des Theologen ist sein Unvermögen zur Philologie. Unter Philologie soll hier, in einem sehr allgemeinen Sinne, die Kunst, gut zu lesen, verstanden werden, – Thatsachen ablesen können, ohne sie durch Interpretation zu fälschen, ohne im Verlangen nach Verständniß die Vorsicht, die Geduld, die Feinheit zu verlieren. Philologie als Ephexis in der Interpretation: handle es sich nun um Bücher, um Zeitungs-Neuigkeiten, um Schicksale oder Wetter-Thatsachen, – nicht zu reden vom „Heil der Seele“ ... Die Art, wie ein Theolog, gleichgültig ob in Berlin oder in Rom, ein „Schriftwort“ auslegt oder ein Erlebniß, einen Sieg des vaterländischen Heers zum Beispiel unter der höheren Beleuchtung der Psalmen David's, ist immer dergestalt kühn, daß ein Philolog dabei an allen Wänden emporläuft. Und was soll er gar anfangen, wenn Pietisten und andre Kühe aus dem Schwabenlande den armseligen Alltag und Stubenrauch ihres Daseins mit dem „Finger Gottes“ zu einem Wunder von „Gnade“, von „Vorsehung“, von „Heilserfahrungen“ zurecht machen! Der bescheidenste Aufwand von Geist, um nicht zu sagen von Anstand, mußte diese Interpreten doch dazu bringen, sich des vollkommen Kindischen und Unwürdigen eines solchen Mißbrauchs der göttlichen Fingerfertigkeit zu überführen. Mit einem noch so kleinen Maaße von Frömmigkeit im Leibe sollte uns ein Gott, der zur rechten Zeit vom Schnupfen curirt, oder der uns in einem Augenblick in die Kutsche steigen heißt, wo gerade ein großer Regen losbricht, ein so absurder Gott sein, daß man ihn abschaffen müßte, selbst wenn er existirte. Ein Gott als Dienstbote, als Briefträger, als Kalendermann, – im Grunde ein Wort für die dümmste Art aller Zufälle ... Die „göttliche Vorsehung“, wie sie heute noch ungefähr jeder dritte Mensch im „gebildeten Deutschland“ glaubt, wäre ein Einwand gegen Gott, wie er stärker gar nicht gedacht werden konnte. Und in jedem Fall ist er ein Einwand gegen Deutsche! ...

53.

– Daß Märtyrer Etwas für die Wahrheit einer Sache beweisen, ist so wenig wahr, daß ich leugnen möchte, es habe je ein Märtyrer überhaupt Etwas mit der Wahrheit zu thun gehabt. In dem Tone, mit dem ein Märtyrer sein Für-wahr-halten der Welt an den Kopf wirft, drückt sich bereits ein so niedriger Grad intellektueller Rechtschaffenheit, eine solche Stumpfheit für die Frage „Wahrheit“ aus, daß man einen Märtyrer nie zu widerlegen braucht. Die Wahrheit ist Nichts, was Einer hätte und ein Andrer nicht hätte: so können höchstens Bauern oder Bauern-Apostel nach Art Luther's über die Wahrheit denken. Man darf sicher sein, daß je nach dem Grade der Gewissenhaftigkeit in Dingen des Geistes die Bescheidenheit, die Bescheidung in diesem Punkte immer größer wird. In fünf Sachen wissen, und mit zarter Hand es ablehnen, sonst zu wissen ...

„Wahrheit“, wie das Wort jeder Prophet, jeder Sektirer, jeder Freigeist, jeder Socialist, jeder Kirchenmann versteht, ist ein vollkommner Beweis dafür, daß auch noch nicht einmal der Anfang mit jener Zucht des Geistes und Selbstüberwindung gemacht ist, die zum Finden irgend einer kleinen, noch so kleinen Wahrheit noch thut. – Die Märtyrer-Tode, anbei gesagt, sind ein großes Unglück in der Geschichte gewesen: sie verführten ... Der Schluß aller Idioten, Weib und Voll eingerechnet, daß es mit einer Sache, für die Jemand in den Tod geht (oder die gar, wie das erste Christenthum, todsüchtige Epidemien erzeugt), Etwas auf sich habe, – dieser Schluß ist der Prüfung, dem Geist der Prüfung und Vorsicht unsäglich zum Hemmschuh geworden. Die Märtyrer schadeten der Wahrheit ... Auch heute noch bedarf es nur einer Crudität der Verfolgung, um einer an sich noch so gleichgültigen Sektirerei einen ehrenhaften Namen zu schaffen. – Wie? ändert es am Werthe einer Sache Etwas, daß Jemand für sie sein Leben läßt? – Ein Irrthum, der ehrenhaft wird, ist ein Irrthum, der einen Verführungsreiz mehr besitzt: glaubt ihr, daß wir euch Anlaß geben würden, ihr Herrn Theologen, für eure Lüge die Märtyrer zu machen? – Man widerlegt eine Sache, indem man sie achtungsvoll auf's Eis legt, – ebenso widerlegt man auch Theologen... Gerade Das war die welthistorische Dummheit aller Verfolger, daß sie der gegnerischen Sache den Anschein des Ehrenhaften gaben, – daß sie ihr die Fascination des Martyriums zum Geschenk machten... Das Weib liegt heute noch auf den Knien vor einem Irrthum, weil man ihm gesagt hat, daß Jemand dafür am

Kreuze starb. Ist denn das Kreuz ein Argument? – – Aber über alle diese Dinge hat Einer allein das Wort gesagt, das man seit Jahrtausenden nöthig gehabt hätte, – Zarathustra.

Blutzeichen schrieben sie auf den Weg, den sie giengen, und ihre Thorheit lehrte, daß man mit Blut Wahrheit beweise.

Aber Blut ist der schlechteste Zeuge der Wahrheit; Blut vergiftet die reinste Lehre noch zu Wahn und Haß der Herzen.

Und wenn Einer durch's Feuer gienge für seine Lehre, – was beweist dies! Mehr ist's wahrlich, daß aus eignem Brande die eigne Lehre kommt. (VI, 134.)

54.

Man lasse sich nicht irreführen: große Geister sind Skeptiker. Zarathustra ist ein Skeptiker. Die Stärke, die Freiheit aus der Kraft und Überkraft des Geistes beweist sich durch Skepsis. Menschen der Überzeugung kommen für alles Grundsätzliche von Werth und Unwerth gar nicht in Betracht. Überzeugungen sind Gefängnisse. Das sieht nicht weit genug, das sieht nicht unter sich: aber um über Werth und Unwerth mitreden zu dürfen, muß man fünfhundert Überzeugungen unter sich sehn, – hinter sich sehn ... Ein Geist der Großes will, der auch die Mittel dazu will, ist mit Nothwendigkeit Skeptiker. Die Freiheit von jeder Art Überzeugungen gehört zur Stärke, das Frei-Blicken- können... Die große Leidenschaft, der Grund und die Macht seines Seins, noch aufgeklärter, noch despotischer, als er selbst es ist, nimmt seinen ganzen Intellekt in Dienst; sie macht unbedenklich; sie giebt ihm Muth sogar zu unheiligen Mitteln; sie gönnt ihm unter Umständen Überzeugungen. Die Überzeugung als Mittel: Vieles erreicht man nur mittelst einer Überzeugung. Die große Leidenschaft braucht, verbraucht Überzeugungen, sie unterwirft sich ihnen nicht, – sie weiß sich souverain. – Umgekehrt: das Bedürfniß nach Glauben, nach irgend etwas Unbedingtem von Ja und Nein, der Carlylismus, wenn man mir dies Wort nachsehn will, ist ein Bedürfniß der Schwäche. Der Mensch des Glaubens, der „Gläubige" jeder Art ist nothwendig ein abhängiger Mensch, – ein solcher, der sich nicht als Zweck, der von sich aus überhaupt nicht Zwecke ansetzen kann. Der „Gläubige" gehört sich nicht, er kann nur Mittel sein, er muß verbraucht werden, er hat Jemand nöthig, der ihn verbraucht. Sein Instinkt giebt einer Moral der Entselbstung die höchste Ehre: zu ihr überredet ihn Alles, seine Klugheit, seine Erfahrung, seine Eitelkeit. Jede Art Glaube ist selbst ein Ausdruck von Entselbstung, von Selbst-Entfremdung... Erwägt man, wie nothwendig den Allermeisten ein Regulativ ist, das sie von außen her bindet und fest macht, wie der Zwang, in einem höheren Sinn die Sklaverei, die einzige und letzte Bedingung ist, unter der der willensschwächere Mensch, zumal das Weib, gedeiht: so versteht man auch die Überzeugung, den „Glauben“. Der Mensch der Überzeugung hat in ihr sein Rückgrat. Viele Dinge nicht sehn, in keinem Punkte unbefangen sein, Partei sein durch und durch, eine strenge und notwendige Optik in allen Werthen haben – das allein bedingt es, daß eine solche Art Mensch überhaupt besteht. Aber damit ist sie der Gegensatz, der Antagonist des Wahrhaftigen, – der Wahrheit … Dem Gläubigen steht es nicht frei, für die Frage „wahr“ und „unwahr“ überhaupt ein Gewissen zu haben: rechtschaffen sein an dieser Stelle wäre sofort sein Untergang. Die pathologische Bedingtheit seiner Optik macht aus dem Überzeugten den Fanatiker – Savonarola, Luther, Rousseau, Robespierre, Saint-Simon –, den Gegensatz-Typus des starken, des freigewordnen Geistes. Aber die große Attitüde dieser kranken Geister, dieser Epileptiker des Begriffs, wirkt auf die große Masse, – die Fanatiker sind pittoresk, die Menschheit sieht Gebärden lieber, als daß sie Gründe hört …

55.

– Einen Schritt weiter in der Psychologie der Überzeugung, des „Glaubens“. Es ist schon lange von mir zur Erwägung anheimgegeben worden, ob nicht die Überzeugungen gefährlichere Feinde der Wahrheit sind als die Lügen (Menschliches, Allzumenschliches I, Aphorismus 483). Diesmal möchte ich die entscheidende Frage thun: besteht zwischen Lüge und Überzeugung überhaupt ein Gegensatz? – Alle Welt glaubt es; aber was glaubt nicht alle Welt! – Eine jede Überzeugung hat ihre Geschichte, ihre Versonnen, ihre Tentativen und Fehlgriffe: sie wird Überzeugung, nachdem sie es lange nicht ist, nachdem sie es noch langer kaum ist. Wie? könnte unter diesen Embryonal –Formen der Überzeugung nicht auch die Lüge sein? – Mitunter bedarf es bloß eines Personen–Wechsels: im Sohn wird Überzeugung, was im Vater noch Lüge war. –Ich nenne Lüge: Etwas nicht sehn wollen, das man sieht, Etwas nicht so sehn wollen, wie man es sieht: ob die Lüge vor Zeugen oder ohne Zeugen statt hat, kommt nicht in Betracht. Die gewöhnlichste Lüge ist die, mit der man sich selbst belügt; das Belügen Andrer ist relativ der Ausnahmefall, – Nun ist dies Nicht–sehn–wollen, was man sieht, dies Nicht–so–sehn–wollen, wie man es steht, beinahe die erste Bedingung für Alle, die Partei sind, in irgend welchem Sinne: der Parteimensch wird mit Notwendigkeit Lügner. Die deutsche Geschichtsschreibung zum Beispiel ist überzeugt, daß Rom der Despotismus war, daß die Germanen den Geist der Freiheit in die Welt gebracht haben: welcher Unterschied ist zwischen dieser Überzeugung und einer Lüge? Darf man sich noch darüber wundern, wenn, aus Instinkt, alle Parteien, auch die deutschen Historiker, die großen Worte der Moral im Munde haben, – daß die Moral beinahe dadurch fortbesteht, daß der Parteimensch jeder Art jeden Augenblick sie nöthig hat? – „Dies ist unsre Überzeugung: wir bekennen sie vor aller Welt, wir leben und sterben für sie, – Respekt vor Allem, was

Überzeugungen hat!" – dergleichen habe ich sogar aus dem Mund von Antisemiten gehört. Im Gegentheil, meine Herrn! Ein Antisemit wird dadurch durchaus nicht anständiger, daß er aus Grundsatz lügt ... Die Priester, die in solchen Dingen seiner sind und den Einwand sehr gut verstehn, der im Begriff einer Überzeugung, das heißt einer grundsätzlichen, weil zweckdienlichen Verlogenheit liegt, haben von den Juden her die Klugheit überkommen, an dieser Stelle den Begriff „Gott", „Wille Gottes", „Offenbarung Gottes" einzuschieben. Auch Kant, mit seinem kategorischen Imperativ, war auf dem gleichen Wege: seine Vernunft wurde hierin praktisch. – Es giebt Fragen, wo über Wahrheit und Unwahrheit dem Menschen die Entscheidung nicht zusteht; alle obersten Fragen, alle obersten Werth–Probleme sind jenseits der menschlichen Vernunft ... Die Grenzen der Vernunft begreifen, – das erst ist wahrhaft Philosophie... Wozu gab Gott dem Menschen die Offenbarung? Würde Gott etwas Überflüssiges gethan haben? Der Mensch kann von sich nicht selber wissen, was gut und böse ist, darum lehrte ihn Gott seinen Willen... Moral: der Priester lügt nicht, – die Frage „wahr" oder „unwahr" giebt es nicht in solchen Dingen, von denen Priester reden; diese Dinge erlauben gar nicht zu lügen. Denn um zu lügen, müßte man entscheiden können, was hier wahr ist. Aber das kann eben der Mensch nicht; der Priester ist damit nur das Mundstück Gottes. – Ein solcher Priester-Syllogismus ist durchaus nicht bloß jüdisch und christlich; das Recht zur Lüge und die Klugheit der

„Offenbarung“ gehört dem Typus Priester an, den décadence-Priestern so gut als den Heidenthums–Priestern (– Heiden sind Alle, die zum Leben Ja sagen, denen „Gott“ das Wort für das große Ja zu allen Dingen ist). – Das „Gesetz“, der „Wille Gottes“, das „heilige Buch“, die „Inspiration“ – Alles nur Worte für die Bedingungen, unter denen der Priester zur Macht kommt, mit denen er seine Macht aufrecht erhält, – diese Begriffe finden sich auf dem Grunde aller Priester–Organisationen, aller priesterlichen oder philosophisch –priesterlichen Herrschaftsgebilde. Die „heilige Lüge“ – dem Confucius, dem Gesetzbuch des Manu, dem Muhammed, der christlichen Kirche gemeinsam –: sie fehlt nicht bei Pluto, „Die Wahrheit ist da“: dies bedeutet, wo nur es laut wird, der Priester lügt ...

56.

– Zuletzt kommt es darauf an, zu welchem Zweck gelogen wird. Daß im Christenthum die „heiligen“ Zwecke fehlen, ist mein Einwand gegen seine Mittel, Nur schlechte Zwecke: Vergiftung, Verleumdung, Verneinung des Lebens, die Verachtung des Leibes, die Herabwürdigung und Selbstschändung des Menschen durch den Begriff Sünde, – folglich sind auch seine Mittel schlecht. – Ich lese mit einem entgegengesetzten Gefühle das Gesetzbuch des Manu, ein unvergleichlich geistiges und überlegenes Werk, das mit der Bibel auch nur in Einem Athem nennen eine Sünde wider den Geist wäre. Man erräth sofort: es hat eine wirkliche Philosophie hinter sich, in sich, nicht bloß ein übelriechendes Judain von Rabbinismus und Aberglauben, – es giebt selbst dem verwöhntesten Psychologen Etwas zu beißen. Nicht die Hauptsache zu vergessen, der Grundunterschied von jeder Art von Bibel: die vornehmen Stände, die Philosophen und die Krieger, halten mit ihm ihre Hand über der Menge; vornehme Werthe überall, ein Vollkommenheits-Gefühl, ein Jasagen zum Leben, ein triumphirendes Wohlgefühl an sich und am Leben, – die Sonne liegt auf dem ganzen Buch. – Alle die Dinge, an denen das Christenthum seine unergründliche Gemeinheit ausläßt, die Zeugung zum Beispiel, das Weib, die Ehe, werden hier ernst, mit Ehrfurcht, mit Liebe und Zutrauen behandelt. Wie kann man eigentlich ein Buch in die Hände von Kindern und Frauen legen, das jenes niederträchtige Wort enthält: „um der Hurerei willen habe ein Jeglicher sein eignes Weib und eine Jegliche ihren eignen Mann... es ist besser freien denn Brunst leiden"? Und darf man Christ sein, so lange mit dem Begriff der immaculata conceptio die Entstehung des Menschen verchristlicht, das heißt beschmutzt ist? ... Ich kenne kein Buch, wo dem Weibe so viele zarte und gütige Dinge gesagt würden, wie im Gesetzbuch des Manu; diese alten Graubärte und Heiligen haben eine Art, gegen Frauen artig zu sein, die vielleicht nicht übertroffen ist. „Der Mund einer Frau – heißt es einmal –, der Busen eines Mädchens, das Gebet eines Kindes, der Rauch des Opfers sind immer rein." Eine andre Stelle: „es giebt gar nichts Reineres als das Licht der Sonne, den Schatten einer Kuh, die

Luft, das Wasser, das Feuer und den Athem eines Mädchens.“ Eine letzte Stelle – vielleicht auch eine heilige Lüge –: „alle Öffnungen des Leibes oberhalb des Nabels sind rein, alle unterhalb sind unrein. Nur beim Mädchen ist der ganze Körper rein.“

57.

Man ertappt die Unheiligkeit der christlichen Mittel in flagranti, wenn man den christlichen Zweck einmal an dem Zweck des Manu-Gesetzbuches mißt, – wenn man diesen größten Zweck-Gegensatz unter starkes Licht bringt. Es bleibt dem Kritiker des Christenthums nicht erspart, das Christenthum verächtlich zu machen. – Ein solches Gesetzbuch, wie das des Manu, entsteht wie jedes gute Gesetzbuch: es resümirt die Erfahrung, Klugheit und Experimental–Moral von langen Jahrhunderten, es schließt ab, es schafft nichts mehr. Die Voraussetzung zu einer Codification seiner Art ist die Einsicht, daß die Mittel, einer langsam und kostspielig erworbenen Wahrheit Autorität zu schaffen, grundverschieden von denen sind, mit denen man sie beweisen würde. Ein Gesetzbuch erzählt niemals den Nutzen, die Gründe, die Casuistik in der Vorgeschichte eines Gesetzes: eben damit würde es den imperativischen Ton einbüßen, das „du sollst“, die Voraussetzung dafür, daß gehorcht wird. Das Problem liegt genau hierin. – An einem gewissen Punkte der Entwicklung eines Volks erklärt die einsichtigste, das heißt rück- und hinausblickendste Schicht desselben, die Erfahrung, nach der gelebt werden soll – das heißt kann –, für abgeschlossen, Ihr Ziel geht dahin, die Ernte möglichst reich und vollständig von den Zeiten des Experiments und der schlimmen Erfahrung heimzubringen. Was folglich vor Allem jetzt zu verhüten ist, das ist das Noch–Fort–Experimentiren, die Fortdauer des flüssigen Zustands der Werthe, das Prüfen, Wählen, Kritik-Üben der Werthe in infinitum. Dem stellt man eine doppelte Mauer entgegen: einmal die Offenbarung, das ist die Behauptung, die Vernunft jener Gesetze sei nicht menschlicher Herkunft, nicht langsam und unter Fehlgriffen gesucht und gefunden, sondern, als göttlichen Ursprungs, ganz, vollkommen, ohne Geschichte, ein Geschenk, ein Wunder, bloß mitgetheilt ... Sodann die Tradition, das ist die Behauptung, daß das Gesetz bereits seit uralten Zeiten bestanden habe, daß es pietätlos, ein Verbrechen an den Vorfahren sei, es in Zweifel zu ziehn. Die Autorität des Gesetzes begründet sich mit den Thesen: Gott gab es, die Vorfahren lebten es. – Die höhere Vernunft einer solchen Procedur liegt in der Absicht, das Bewußtsein Schritt für Schritt von dem als richtig erkannten (das heißt durch eine ungeheure und scharf durchgesiebte Erfahrung bewiesenen) Leben zurückzudrängen: sodaß der vollkommne Automatismus des Instinkts erreicht wird, – diese Voraussetzung zu jeder Art Meisterschaft, zu jeder Art Vollkommenheit in der Kunst des Lebens. Ein Gesetzbuch nach Art des Manu aufstellen heißt einem Volke fürderhin zugestehn, Meister zu werden, vollkommen zu werden, – die höchste Kunst des Lebens zu ambitioniren. Dazu muß es unbewußt gemacht werden: dies der Zweck jeder heiligen Lüge. – Die Ordnung der Kasten, das oberste, das dominirende Gesetz, ist nur die Sanktion einer Natur-Ordnung, Natur-Gesetzlichkeit ersten Ranges, über die keine Willkür, keine „moderne Idee“ Gewalt hat. Es treten in jeder gesunden Gesellschaft, sich gegenseitig bedingend, drei physiologisch verschieden-gravitirende Typen auseinander, von denen jeder seine eigne Hygiene, sein eignes Reich von Arbeit, seine eigne Art Vollkommenheits-Gefühl und Meisterschaft hat. Die Natur, nicht Manu, trennt die vorwiegend Geistigen, die vorwiegend Muskel- und Temperaments-Starken und die weder im Einen, noch im Andern ausgezeichneten Dritten, die Mittelmäßigen, von einander ab, – die letzteren als die große Zahl, die ersteren als die Auswahl. Die oberste Kaste – ich nenne sie die Wenigsten – hat als die vollkommne auch die Vorrechte der Wenigsten: dazu gehört es, das Glück, die Schönheit, die Güte auf Erden darzustellen. Nur die geistigsten Menschen haben die Erlaubniß zur Schönheit, zum Schönen: nur bei ihnen ist Güte nicht Schwäche. Pulchrum est paucorum hominum: das Gute ist ein Vorrecht. Nichts kann ihnen dagegen weniger zugestanden werden, als häßliche Manieren oder ein pessimistischer Blick, ein Auge, das verhäßlicht –, oder gar eine Entrüstung über den Gesammt-Aspekt der Dinge. Die Entrüstung ist das Vorrecht der Tschandala; der Pessimismus desgleichen. “Die Welt ist vollkommen – so redet der Instinkt der Geistigsten, der Ja-sagende

Instinkt –: die Unvollkommenheit, das Unter-uns jeder Art, die Distanz, das Pathos der Distanz, der Tschandala selbst gehört noch zu dieser Vollkommenheit.“ Die geistigsten Menschen, als die Stärksten, finden ihr Glück, worin Andre ihren Untergang finden würden: im Labyrinth, in der Härte gegen sich und Andre, im Versuch; ihre Lust ist die Selbstbezwingung: der Asketismus wird bei ihnen Natur, Bedürfniß, Instinkt. Die schwere Aufgabe gilt ihnen als Vorrecht; mit Lasten zu spielen, die Andre erdrücken, eine Erholung... Erkenntniß – eine Form des Asketismus. – Sie sind die ehrwürdigste Art Mensch: das schließt nicht aus, daß sie die heiterste, die liebenswürdigste sind. Sie herrschen, nicht weil sie wollen, sondern weil sie sind; es steht ihnen nicht frei, die Zweiten zu sein. – Die Zweiten: das sind die Wächter des Rechts, die Pfleger der Ordnung und der Sicherheit, das sind die vornehmen Krieger, das ist der König vor Allem als die höchste Formel von Krieger, Richter und Aufrechterhalter des Gesetzes. Die Zweiten sind die Exekutive der Geistigsten, das Nächste, was zu ihnen gehört, das was ihnen alles Grobe in der Arbeit des Herrschens abnimmt, – ihr Gefolge, ihre rechte Hand, ihre beste Schülerschaft. – In dem Allem, nochmals gesagt, ist Nichts von Willkür, Nichts „gemacht“; was anders ist, ist gemacht, – die Natur ist dann zu Schanden gemacht... Die Ordnung der Kasten, die Rangordnung, formulirt nur das oberste Gesetz des Lebens selbst; die Abscheidung der drei Typen ist nöthig zur Erhaltung der Gesellschaft, zur Ermöglichung höherer und höchster Typen, – die Ungleichheit der

Rechte ist erst die Bedingung dafür, daß es überhaupt Rechte giebt, – Ein Recht ist ein Vorrecht. In seiner Art Sein hat Jeder auch sein Vorrecht. Unterschätzen wir die Vorrechte der Mittelmäßigen nicht. Das Leben nach der Höhe zu wird immer härter, – die Kälte nimmt zu, die Verantwortlichkeit nimmt zu. Eine hohe Cultur ist eine Pyramide: sie kann nur auf einem breiten Boden stehn, sie hat zu allererst eine stark und gesund consolidirte Mittelmäßigkeit zur Voraussetzung. Das Handwerk, der Handel, der Ackerbau, die Wissenschaft, der größte Theil der Kunst, der ganze Inbegriff der Berufstätigkeit mit Einem Wort, verträgt sich durchaus nur mit einem Mittelmaaß im Können und Begehren; dergleichen wäre deplacirt unter Ausnahmen, der dazugehörige Instinkt widerspräche sowohl dem Aristokratismus als dem Anarchismus. Daß man ein öffentlicher Nutzen ist, ein Rad, eine Funktion, dazu giebt es eine Naturbestimmung: nicht die Gesellschaft, die Art Glück, deren die Allermeisten bloß fähig sind, macht aus ihnen intelligente Maschinen. Für den Mittelmäßigen ist mittelmäßig sein ein Glück; die Meisterschaft in Einem, die Specialität ein natürlicher Instinkt. Es würde eines tieferen Geistes vollkommen unwürdig sein, in der Mittelmäßigkeit an sich schon einen Einwand zu sehn. Sie ist selbst die erste Notwendigkeit dafür, daß es Ausnahmen geben darf: eine hohe Cultur ist durch sie bedingt. Wenn der Ausnahme-Mensch gerade die Mittelmäßigen mit zarteren Fingern handhabt, als sich und seines Gleichen, so ist dies nicht bloß Höflichkeit des Herzens, – es ist einfach seine Pflicht ... Wen hasse ich unter dem Gesindel von Heute am besten? Das Socialisten-Gesindel, die Tschandala-Apostel, die den Instinkt, die Lust, das Genügsamkeits-Gefühl des Arbeiters mit seinem kleinen Sein untergraben, – die ihn neidisch machen, die ihn Rache lehren ... Das Unrecht liegt niemals in ungleichen Rechten, es liegt im Anspruch auf "gleiche" Rechte ... Was ist schlecht? Aber ich sagte es schon: Alles, was aus Schwäche, aus Neid, aus Rache stammt. – Der Anarchist und der Christ sind Einer Herkunft ...

58.

In der That, es macht einen Unterschied, zu welchem Zweck man lügt: ob man damit erhält oder zerstört. Man darf zwischen Christ und Anarchist eine vollkommne Gleichung aufstellen: ihr Zweck, ihr Instinkt geht nur auf Zerstörung. Den Beweis für diesen Satz hat man aus der Geschichte nur abzulesen: sie enthält ihn in entsetzlicher Deutlichkeit. Lernten wir eben eine religiöse Gesetzgebung kennen, deren Zweck war, die oberste Bedingung dafür, daß das Leben gedeiht, eine große Organisation der Gesellschaft zu „verewigen", – das Christenthum hat seine Misston darin gefunden, mit eben einer solchen Organisation, weil in ihr das Leben gedieh, ein Ende zu machen. Dort sollte der Vernunft-Ertrag von langen Zeiten des Experiments und der Unsicherheit zum fernsten Nutzen angelegt und die Ernte so groß, so reichlich, so vollständig wie möglich heimgebracht werden: hier wurde, umgekehrt, über Nacht die Ernte vergiftet... Das, was aere perennius dastand, das imperium Romanum, die großartigste Organisations-Form unter schwierigen Bedingungen, die bisher erreicht worden ist, im Vergleich zu der alles Vorher, alles Nachher Stückwerk, Stümperei, Dilettantismus ist, – jene heiligen Anarchisten haben sich eine „Frömmigkeit" daraus gemacht, „die Welt", das heißt das Imperium Romanum zu zerstören, bis kein Stein auf dem andern blieb, – bis selbst Germanen und andre Rüpel darüber Herr werden konnten... Der Christ und der Anarchist: beide décadents, beide unfähig, anders als auflösend, vergiftend, verkümmernd, blutaussaugend zu wirken, beide der Instinkt des Todhasses gegen Alles, was steht, was groß dasteht, was Dauer hat, was dem Leben Zukunft verspricht... Das Christenthum war der Vampyr des imperium Romanum, – es hat die ungeheure That der Römer, den Boden für eine große Cultur zu gewinnen, die Zeit hat, über Nacht ungethan gemacht. – Versteht man es immer noch nicht? Das imperium Romanum, das wir kennen, das uns die Geschichte der römischen Provinz immer besser kennen lehrt, dies bewunderungswürdigste Kunstwerk des großen Stils, war ein Anfang, sein Bau war berechnet, sich mit Jahrtausenden zu beweisen, – es ist bis heute nie so gebaut, nie auch nur geträumt worden, in gleichem Maaße sub specie aeterni zu bauen! – Diese Organisation war fest genug, schlechte Kaiser auszuhalten: der Zufall von Personen darf nichts in solchen Dingen zu thun haben, – erstes Princip aller großen Architektur. Aber sie war nicht fest genug gegen die corrupteste Art Corruption, gegen den Christen ... Dies heimliche Gewürm, das sich in Nacht, Nebel und Zweideutigkeit an alle Einzelnen heranschlich und jedem Einzelnen den Ernst für wahre Dinge, den Instinkt überhaupt für Realitäten aussog, diese feige, femininische und zuckersüße Bande hat Schritt für Schritt die „Seelen" diesem ungeheuren Bau entfremdet, – jene werthvollen, jene männlich-vornehmen Naturen, die in der Sache Rom's ihre eigne Sache, ihren eignen Ernst, ihren eignen Stolz empfanden. Die Mucker-Schleicherei, die Conventikel-Heimlichkeit, düstere Begriffe wie Hölle, wie Opfer des Unschuldigen, wie unio mystica, im Bluttrinken, vor Allem das langsam aufgeschürte Feuer der Rache, der Tschandala-Rache – das wurde Herr über Rom, dieselbe Art von Religion, der in ihrer Präexistenz-Form schon Epikur den Krieg gemacht hatte. Man lese Lucrez, um zu begreifen, was Epikur bekämpft hat, nicht das Heidenthum, sondern „das Christentum", will sagen die Verderbniß der Seelen durch den Schuld-, durch den Straf- und Unsterblichkeits-Begriff. – Er bekämpfte die unterirdischen Culte, das ganze latente Christenthum, – die Unsterblichkeit zu leugnen war damals schon eine wirkliche Erlösung. – Und Epikur hätte gesiegt, jeder achtbare Geist im römischen Reich war Epikureer: da erschien Paulus ... Paulus, der Fleisch-, der Geniegewordne Tschandala-Haß gegen Rom, gegen „die Welt", der Jude, der ewige Jude par excellence ... Was er errieth, das war, wie man mit Hülfe der kleinen sektirerischen Christen-Bewegung abseits des Judenthums einen „Weltbrand“ entzünden könne, wie man mit dem Symbol „Gott am Kreuze“ alles Unten-Liegende, alles Heimlich-Aufrührerische, die ganze Erbschaft anarchistischer Umtriebe im Reich, zu einer ungeheuren Macht aufsummiren könne. „Das Heil kommt von den Juden“. – Das Christenthum als Formel, um die unterirdischen Culte aller Art, die des Osiris, der großen Mutter, des Mithras zum Beispiel, zu überbieten – und zu summiren: in dieser Einsicht besteht das Genie des Paulus. Sein Instinkt war darin so sicher, daß er die Vorstellungen, mir denen jene Tschandala-Religionen fascinirten, mit schonungsloser Gewaltthätigkeit an der Wahrheit dem „Heilande“ seiner Erfindung in den Mund legte, und nicht nur in den Mund – daß er aus ihm Etwas machte, das auch ein Mithras-Priester verstehn konnte... Dies war sein Augenblick von Damaskus: er begriff, daß er den Unsterblichkeits-Glauben nöthig hatte, um „die Welt“ zu entwerthen, daß der Begriff „Hölle“ über Rom noch Herr wird, – daß man mit dem „Jenseits“ das Leben tödtet ... Nihilist und Christ: das reimt sich, das reimt sich nicht bloß ...

59.

Die ganze Arbeit der antiken Welt umsonst: ich habe kein Wort dafür, das mein Gefühl über etwas so Ungeheures ausdrückt. – Und in Anbetracht, daß ihre Arbeit eine Vorarbeit war, daß eben erst der

Unterbau zu einer Arbeit von Jahrtausenden mit granitnem Selbstbewußtsein gelegt war, der ganze Sinn der antiken Welt umsonst! ... Wozu Griechen? wozu Römer? – Alle Voraussetzungen zu einer gelehrten Cultur, alle wissenschaftlichen Methoden waren bereits da, man hatte die große, die unvergleichliche Kunst, gut zu lesen, bereits festgestellt – diese Voraussetzung zur Tradition der Cultur, zur Einheit der Wissenschaft; die Naturwissenschaft, im Bunde mit Mathematik und Mechanik, war auf dem allerbesten Wege, – der Thatsachen-Sinn, der letzte und werthvollste aller Sinne, hatte seine Schulen, seine bereits Jahrhunderte alte Tradition! Versteht man das? Alles Wesentliche war gefunden, um an die Arbeit gehn zu können: – die Methoden, man muß es zehnmal sagen, sind das Wesentliche, auch das Schwierigste, auch Das, was am längsten die Gewohnheiten und Faulheiten gegen sich hat. Was wir heute, mit unsäglicher Selbstbezwingung – denn wir haben Alle die schlechten Instinkte, die christlichen, irgendwie noch im Leibe – uns zurückerobert haben, den freien Blick vor der Realität, die vorsichtige Hand, die Geduld und den Ernst im Kleinsten, die ganze Rechtschaffenheit der Erkenntniß – sie war bereits da! vor mehr als zwei Jahrtausenden bereits! Und, dazu gerechnet, der gute, der feine Takt und Geschmack! Nicht als Gehirn-Dressur! Nicht als „deutsche" Bildung mit Rüpel-Manieren! Sondern als Leib, als Gebärde, als Instinkt, – als Realität mit Einem Wort... Alles umsonst! Über Nacht bloß noch eine Erinnerung! – Griechen! Römer! die Vornehmheit des Instinkts, der

Geschmack, die methodische Forschung, das Genie der Organisation und Verwaltung, der Glaube, der Wille zur Menschen-Zukunft, das große Ja zu allen Dingen als imperium Romanum sichtbar, für alle Sinne sichtbar, der große Stil nicht mehr bloß Kunst, sondern Realität, Wahrheit, Leben geworden... – Und nicht durch ein Natur-Ereigniß über Nacht verschüttet! Nicht durch Germanen und andre Schwerfüßler niedergetreten! Sondern von listigen, heimlichen, unsichtbaren, blutarmen Vampyren zu Schanden gemacht! Nicht besiegt, – nur ausgesogen! ... Die versteckte Rachsucht, der kleine Neid Herr geworden! Alles Erbärmliche, An-sich-Leidende, Von-schlechten-Gefühlen-Heimgesuchte, die ganze Ghetto-Welt der Seele mit Einem Male obenauf! – – Man lese nur irgend einen christlichen Agitator, den heiligen Augustin zum Beispiel, um zu begreifen, um zu riechen, was für unsaubere Gesellen damit obenauf gekommen sind. Man würde sich ganz und gar betrügen, wenn man irgendwelchen Mangel an Verstand bei den Führern der christlichen Bewegung voraussetzte: – oh sie sind klug, klug bis zur Heiligkeit, diese Herrn Kirchenväter! Was ihnen abgeht, ist etwas ganz Anderes. Die Natur hat sie vernachlässigt, – sie vergaß, ihnen eine bescheidne Mitgift von achtbaren, von anständigen, von reinlichen Instinkten mitzugeben ... Unter uns, es sind nicht einmal Männer ... Wenn der Islam das Christentum verachtet, so hat er tausendmal Recht dazu: der Islam hat Männer zur Voraussetzung ...

60.

Das Christenthum hat uns um die Ernte der antiken Cultur gebracht, es hat uns später wieder um die Ernte der Islam-Cultur gebracht. Die wunderbare maurische Cultur-Welt Spaniens, uns im Grunde verwandter, zu Sinn und Geschmack redender als Rom und Griechenland, wurde niedergetreten (– ich sage nicht von was für Füßen –), warum? weil sie vornehmen, weil sie Männer-Instinkten ihre Entstehung verdankte, weil sie zum Leben Ja sagte auch noch mit den seltnen und raffinirten Kostbarkeiten des maurischen Lebens!... Die Kreuzritter bekämpften später Etwas, vor dem sich in den Staub zu legen ihnen besser angestanden hätte, – eine Cultur, gegen die sich selbst unser neunzehntes Jahrhundert sehr arm, sehr „spät" vorkommen dürfte. – Freilich, sie wollten Beute machen: der Orient war reich... Man sei doch unbefangen! Kreuzzüge – die höhere Seeräuberei, weiter nichts! Der deutsche Adel, Wikinger-Adel im Grunde, war damit in seinem Elemente: die Kirche wußte nur zu gut, womit man deutschen Adel hat... Der deutsche Adel, immer die „Schweizer" der Kirche, immer im Dienste aller schlechten Instinkte der Kirche, – aber gut bezahlt... Daß die Kirche gerade mit Hülfe deutscher Schwerter, deutschen Blutes und Muthes ihren Todfeindschafts-Krieg gegen alles Vornehme auf Erden durchgeführt hat! Es giebt an dieser Stelle eine Menge schmerzlicher Fragen. Der deutsche

Adel fehlt beinahe in der Geschichte der höheren Cultur: man erräth den Grund ... Christenthum, Alkohol – die beiden großen Mittel der Corruption ... An sich sollte es ja keine Wahl geben, angesichts von Islam und Christenthum, so wenig als angesichts eines Arabers und eines Juden. Die Entscheidung ist gegeben; es steht Niemandem frei, hier noch zu wählen. Entweder ist man ein Tschandala, oder man ist es nicht ... „Krieg mit Rom auf's Messer! Friede, Freundschaft mit dem Islam“: so empfand, so that jener große Freigeist, das Genie unter den deutschen Kaisern, Friedrich der Zweite. Wie? muß ein Deutscher erst Genie, erst Freigeist sein, um anständig zu empfinden? Ich begreife nicht, wie ein Deutscher je christlich empfinden konnte...

61.

Hier thut es noth, eine für Deutsche noch hundertmal peinlichere Erinnerung zu berühren. Die Deutschen haben Europa um die letzte große Cultur-Ernte gebracht, die es für Europa heimzubringen gab, – um die der Renaissance. Versteht man endlich, will man verstehn, was die Renaissance war? Die Umwerthung der christlichen Werthe, der Versuch, mit allen Mitteln, mit allen Instinkten, mit allem Genie unternommen, die Gegen-Werthe, die vornehmen Werthe zum Sieg zu bringen... Es gab bisher nur diesen großen Krieg, es gab bisher keine entscheidendere Fragestellung als die der Renaissance, – meine Frage ist ihre Frage –: es gab auch nie eine grundsätzlichere, eine geradere, eine strenger in ganzer Front und auf das Centrum los geführte Form des Angriffs! An der entscheidenden Stelle, im Sitz des Christenthums selbst angreifen, hier die vornehmen Werthe auf den Thron bringen, will sagen in die Instinkte, in die untersten Bedürfnisse und Begierden der daselbst Sitzenden hinein bringen ... Ich sehe eine Möglichkeit vor mir von einem vollkommen überirdischen Zauber und Farbenreiz: – es scheint mir, daß sie in allen Schaudern raffinirter Schönheit erglänzt, daß eine Kunst in ihr am Werke ist, so göttlich, so teufelsmäßig-göttlich, daß man Jahrtausende umsonst nach einer zweiten solchen Möglichkeit durchsucht; ich sehe ein Schauspiel, so sinnreich, so wunderbar paradox zugleich, daß alle Gottheiten des Olymps einen Anlaß zu einem unsterblichen Gelächter gehabt hätten – Cesare Borgia als Papst... Versteht man mich? ... Wohlan, das wäre der Sieg gewesen, nach dem ich heute allein verlange: damit war das Christentum abgeschafft! – Was geschah? Ein deutscher Mönch, Luther, kam nach Rom. Dieser Mönch, mit allen rachsüchtigen Instinkten eines verunglückten Priesters im Leibe, empörte sich in Rom gegen die Renaissance ... Statt mit tiefster Dankbarkeit das Ungeheure zu verstehn, das geschehen war, die Überwindung des Christenthums an seinem Sitz –, verstand sein Haß aus diesem Schauspiel nur seine Nahrung zu ziehn. Ein religiöser Mensch denkt nur an sich. – Luther sah die Verderbniß des Papstthums, während gerade das Gegentheil mit Händen zu greifen war: die alte Verderbniß, das peccatum originale, das Christenthum saß nicht mehr auf dem Stuhl des Papstes! Sondern das Leben! Sondern der Triumph des Lebens! Sondern das große Ja zu allen hohen, schönen, verwegenen Dingen! ... Und Luther stellte die Kirche wieder her: er griff sie an... Die Renaissance – ein Ereigniß ohne Sinn, ein großes Umsonst! – Ah diese Deutschen, was sie uns schon gekostet haben! Umsonst – das war immer das Werk der Deutschen. – Die Reformation; Leibniz; Kant und die sogenannte deutsche Philosophie; die „Freiheits"-Kriege; das Reich – jedesmal ein Umsonst für Etwas, das bereits da war, für etwas Unwiederbringliches ... Es sind meine Feinde, ich bekenne es, diese Deutschen: ich verachte in ihnen jede Art von Begriffs- und Werth-Unsauberkeit, von Feigheit vor jedem rechtschaffnen Ja und Nein. Sie haben, seit einem Jahrtausend beinahe, Alles verfilzt und verwirrt, woran sie mit ihren Fingern rührten, sie haben alle Halbheiten – Drei-Achtelsheiten! – auf dem Gewissen, an denen Europa krank ist, – sie haben auch die unsauberste Art Christenthum, die es giebt, die unheilbarste, die unwiderlegbarste, den Protestantismus auf dem Gewissen ... Wenn man nicht fertig wird mit dem Christenthum, die Deutschen werden daran schuld sein ...

62.

– Hiermit bin ich am Schluß und spreche mein Urtheil. Ich verurtheile das Christenthum, ich erhebe gegen die christliche Kirche die furchtbarste aller Anklagen, die je ein Ankläger in den Mund genommen hat. Sie ist mir die höchste aller denkbaren Corruptionen, sie hat den Willen zur letzten auch nur möglichen Corruption gehabt. Die christliche Kirche ließ Nichts mit ihrer Verderbniß unberührt, sie hat aus jedem Werth einen Unwerth, aus jeder Wahrheit eine Lüge, aus jeder Rechtschaffenheit eine Seelen-Niedertracht gemacht. Man wage es noch, mir von ihren „humanitären" Segnungen zu reden! Irgend einen Nothstand abschaffen gieng wider ihre tiefste Nützlichkeit: sie lebte von Nothständen, sie schuf Nothstände, um sich zu verewigen... Der Wurm der Sünde zum Beispiel: mit diesem Nothstande hat erst die Kirche die Menschheit bereichert! – Die „Gleichheit der Seelen vor Gott", diese Falschheit, dieser Vorwand für die rancune aller Niedriggesinnten, dieser Sprengstoff von Begriff, der endlich Revolution, moderne Idee und Niedergangs-Princip der ganzen Gesellschafts-Ordnung geworden ist, – ist christlicher Dynamit... „Humanitäre" Segnungen des Christenthums! Aus der humanitas einen Selbst-Widerspruch, eine Kunst der Selbstschändung, einen Willen zur Lüge um jeden Preis, einen Widerwillen, eine Verachtung aller guten und rechtschaffnen Instinkte herauszuzüchten! Das wären mir Segnungen des Christenthums! – Der Parasitismus als einzige Praxis der Kirche; mit ihrem Bleichsuchts-, ihrem „Heiligkeits"-Ideale jedes Blut, jede Liebe, jede Hoffnung zum Leben austrinkend: das Jenseits als Wille zur Verneinung jeder Realität; das Kreuz als Erkennungszeichen für die unterirdischste Verschwörung, die es je gegeben hat, – gegen Gesundheit, Schönheit, Wohlgerathenheit, Tapferkeit, Geist, Güte der Seele, gegen das Leben selbst ...

Diese ewige Anklage des Christenthums will ich an alle Wände schreiben, wo es nur Wände giebt, – ich habe Buchstaben, um auch Blinde sehend zu machen... Ich heiße das Christenthum den Einen großen Fluch, die Eine große innerlichste Verdorbenheit, den Einen großen Instinkt der Rache, dem kein Mittel giftig, heimlich, unterirdisch, klein genug ist, – ich heiße es den Einen unsterblichen Schandfleck der Menschheit ...

Und man rechnet die Zeit nach dem dies nefastus, mit dem dies Verhängniß anhob, – nach dem ersten Tag des Christenthums! – Warum nicht lieber nach seinem letzten? – Nach Heute? – Umwerthung aller Werthe!...